小小说美文馆

主编

马国兴

吕双喜

心灵

春天送你一首诗

郑州大学出版社

郑州

图书在版编目（CIP）数据

心灵:春天送你一首诗/马国兴,吕双喜主编.—郑州:
郑州大学出版社,2017.1
（小小说美文馆）
ISBN 978-7-5645-3666-4

Ⅰ.①心… Ⅱ.①马…②吕… Ⅲ.①小小说-小说
集-中国-当代 Ⅳ.①I247.82

中国版本图书馆 CIP 数据核字（2016）第 309212 号

郑州大学出版社出版发行

郑州市大学路 40 号 邮政编码:450052
出版人:张功员 发行部电话:0371-66658405
全国新华书店经销
河南文华印务有限公司印制
开本:710 mm×1 000 mm 1/16
印张:10
字数:146 千字
版次:2017 年 1 月第 1 版 印次:2017 年 1 月第 1 次印刷

书号:ISBN 978-7-5645-3666-4 定价:25.00 元

编委名单

主　编　马国兴　吕双喜

副主编　王彦艳　郜　毅

编　委　连俊超　牛桂玲　胡红影　陈　思

　　　　　李锦霞　段　明　孙文然　阿　莲

　　　　　阿　康　荣　荣　蔡　联　徐小红

　　　　　郭　恒

序

杨晓敏

书来到我们手上，就好像我们去了远方。

阅读的神妙之处，在于我们能够经由文字，在现实生活之外，构筑属于自己的精神生活。透过每篇文章，读者看到的不仅是故事与人物，也能读出作者的阅历，触摸一个人的心灵世界。就像恋爱，选择一本书也需要缘分，心性相投至关重要，阅读的过程中，你会发现他与自己的不同，而你非常喜欢，也会发现他与自己的相同，以至十分感动。阅读让我们超越了世俗意义上的羁绊，人生也渐渐丰厚起来。

在这个信息碎片化的网络时代，面对浩若烟海的读物，读者难免无所适从，而阅读选本无疑是一个不错的选择。从《诗经》到《唐诗三百首》再到《唐诗别裁》，从《昭明文选》到"三言二拍"再到《古文观止》，历代学者一直注重编辑诗文选本，千淘万漉，吹沙见金。鲁迅先生说过："凡选本，往往能比所选各家的全集更流行，更有作用。册数不多，而包罗诸作。"为承续前人的优秀传统，我们编选了"小小说美文馆"丛书。

当代中国，在生活节奏加快与高科技发展的影响下，传统的阅读与写作方式发生了深刻的变化，小小说应运而生，成为当下生活中的时尚性文体。作为一种深受社会各界读者青睐的文学读写形式，小小说对于提高全民族的大众的文化水平、审美鉴赏能力，提升整体国民素质，在潜移默化中起到了不可估量的作用。小小说注重思想内涵的深刻和艺术品质的锻造，小中见大、纸短情长，在写作和阅读上从者甚众，无不加速文学（文化）的中产阶级的形成，不断被更大层面的受众吸纳和消化，春雨润物般地为社会进步提供着最活跃的大众智力资本的支持。由此可见，小小说的文化意义大于它的文学意义，教育意义大于它的文化意义，社会意义又大于它的教育意义。

因为小小说文体的简约通脱、雅俗共赏的特征，就决定了它是属于大众文化的范畴。我曾提出，小小说是平民艺术，那是指小小说是大多数人都能阅读(单纯通脱)、大多数人都能参与创作(贴近生活)、大多数人都能从中直接受益(微言大义)的艺术形式。小小说作为一种文体创新,自有其相对规范的字数限定(一千五百字左右)、审美态势(质量精度)和结构特征(小说要素)等艺术规律上的界定。我提出的小小说是平民艺术,除了上述的三种功效和三个基本标准外,着重强调两层意思:一是指小小说应该是一种有较高品位的大众文化,能不断提升读者的审美情趣和认知能力;二是指它在文学造诣上有不可或缺的质量要求。

小小说贴近生活,具有易写易发的优势。因此,大量作品散见于全国数千种报刊中,作者也多来自民间,社会底层的生活使他们的创作左右逢源。一种文体的兴盛繁荣,需要有一批批脍炙人口的经典性作品奠基支撑,需要有一茬茬代表性的作家脱颖而出。所以,仅靠文学期刊,是无法垒砌高标准的巍巍文学大厦的。我们编选"小小说美文馆"丛书,是对人才资源和作品资源进行深加工,是新兴的小小说文体的集大成,意在进一步促进小小说文体自觉走向成熟,集中奉献出思想内容与艺术形式兼优的精品佳构,继而走进书店、走进主流读者的书柜并历久弥新,积淀成独特的文化景观,为小小说的阅读、研究和珍藏,起到推动促进的作用。

编选"小小说美文馆"丛书,我们选择作品的标准是思想内涵、艺术品位和智慧含量的综合体现。所谓思想内涵,是指作者赋予作品的"立意",它反映着作者提出(观察)问题的角度、深度和批判意识,深刻或者平庸,一眼可判高下。艺术品位,是指作品在塑造人物性格,设置故事情节,营造特定环境中,通过语言、文采、技巧的有效使用,所折射出来的创意、情怀和境界。而智慧含量,则属于精密判断后的"临门一脚",是简洁明晰的"临床一刀",解决问题的方法、手段和质量,见此一斑。

好书像一座灯塔,可以使我们在瞬息万变的社会不迷失自己的方向,并能在人生旅途中执着地守护心中的明灯。读书是一种积极的生活情趣,一个对未来的承诺。读书,可以使我们在人事已非的时候,自己的怀中还有一份让人感动的故事情节,静静地荡涤人世的风尘。当岁月像东去的逝水,不再有可供挥霍的青春,我们还有在书海中渐次沉淀和饱经洗练的智慧,当我们拈花微笑,于喧嚣红尘中自在地坐看云起的时候,不经意地挥一挥手,袖间,会有隐隐浮动的书香。

(杨晓敏,河南省作协副主席,郑州小小说文化传媒有限公司董事长、总编辑,《小小说选刊》《百花园》主编。)

目 录

龙 票

聂鑫森

这个地方叫戏台岭,在湘潭城的郊外。几十年前,这里到处都是小山冈,是冈如戏台,还是因演过野台子戏而得名,不得而知。如今,城市建设如吹足了气的气球,铆足了劲儿往四面扩充。戏台岭早已不复旧时模样,变成了一个一个的社区,水泥和砖瓦造就了新的风景。

五十五岁的龙子娱是喜洋洋社区的清洁工,他曾经供职的那个街道小厂,在二十年前就破产倒闭了,从那时起他就开始打各种各样的工。虽然是一个人,赤条条来去无牵挂,但总得吃饭穿衣,不能不去赚一份菲薄的工资。近些年,他有了低保的每月几百块钱,再加上打工的工资,觉得日子过得很滋润。他没有自己的房子,要房子做什么呢?聘用他的单位总会提供可以放下一张床的住处,这就够了。

他原本叫龙子如,后来有人告诉他,著名画家齐白石有个儿子也叫这个名字。他不想沾光,便把"如"改成了"娱"。他喜欢"娱"字的意味,因为从小到大,他爱看京戏,娱目娱耳也娱心。他还说之所以到这个偏离城市的地方来做清洁工,是因为"戏台岭"的地名让他浮想联翩、快乐无比。

他爱看京戏,也能哼几段小生戏,嗓音尖而脆,是一个真格儿的票友。这个社区有个众乐乐票友会,老年人居多,也有几个年轻人。但没有谁邀他入会,大概是觉得他还不够格。但他们无论何时何地,聚在一起唱戏谈戏时,龙子娱总会翩然而至,默默地坐在一边看和听。清洁工是分地段料理的,没有时间限制,任务是只要保持地面干净就行了。大家不叫他的名字,只称他为龙票,意思是姓龙的票友。

第一次有人叫他龙票时,他笑了,说:"你们抬举我了。"

"是吗?"

"你们可知道,清朝的皇族贵胄,业余爱看戏也爱唱戏,皇帝给他们发下带龙纹的票证,允许自娱自乐,但不能去公共场所登台献艺,更不可收钱卖艺,这叫票友。因他们身份显赫,又有龙纹票证,故称龙票。"说完,龙子娱哈哈大笑。

众人再不作声,一个扫地的这么会侃!

龙子娱的卧室、工具室、卫生间,在社区西北角的一间小平房里。他无须做饭,社区有公共食堂。洗澡就提一大桶水到卫生间去,哗哗啦啦洗个痛快。晚上,坐在床上打开收录机,听京剧名家的唱段。公家没有配备电视机,他也不想去自购电视机,听京剧唱段就很满足了。

城里的大剧院,经常有本地或外地的京剧团演出,头几排的票上百元一张,中间的票五十元一张,最后几排的票也要三十元一张。龙子娱常在夕阳西下后,赶紧吃饭、洗澡、穿戴齐整,坐公交车到城里去看戏。

社区的人对他说:"这太花钱了,你不该这么奢侈,听戏能长肉吗?"

他说:"我爱的就是这一口,不去,心里空落落的。"

社区的荷池边,有一座仿古建筑叫听雨轩。这天下午,众乐乐票友社的一群人,带着乐器来这里唱戏。胡琴、板鼓一响,龙子娱忙不迭地跑过来了。先听戏,再扫地,都不误。生、旦、净、末、丑,虽没有化妆、着装,但一个个在京胡声中唱得十分过瘾。龙子娱坐在一边,用手在膝盖上打着板眼,听得极为认真。唱完了,大家又互相提意见,但多是夸赞之语。

忽然有人对龙子娱喊道:"龙票,你可不能回回白听,你得进言做点儿贡献。"

龙子娱微微一笑:"真要我说?"

"当然。"

于是,龙子娱清了清嗓子,对几位的演唱先说优点,再说不足之处,都是内行话,一下子把大家镇住了。

"唱《定军山》的老生,嗓子不错,有亮音也有娇音,尤其是老音见功夫,美中不足的是缺乏炸音和张口音。此段中的'管教他'的'他'字就须用炸音,否则唱起来就不'冲'了。还有《搜孤救孤》中的那句'我与那公孙杵白把计定'的'把'字,就要用张口音。"

哗啦啦的掌声响成一片。

"龙票呀,你是真正的行家。再说说!"

"我看各位的功夫都不错,别老是这么玩儿。是不是可以排几个折子戏,正经地登台演出,让社区的人过过戏瘾?"

有人说:"我们也想了多时了。各人虽有些戏衣、道具,凑起来不够啊。"

龙子娱说:"可以慢慢想办法。社区不是要搞文化建设吗?上面出一点儿,我们捐一点儿,反正不着急的。我得去扫地了,再见。"

日子一天天地过去,这件事却如石沉大海,音信杳无。谁心里都明白,难啦。

三年过去了。

龙子娱突然患了肝癌,不久后过世,享年五十有八。临终时,他把一个存款折子,慎重地交给守在病榻旁的社区领导,断断续续地说:"这是平生所存的五万块钱,将来给众乐乐票友社添置戏衣道具吧。"然后,微笑着合上了双眼。

众乐乐票友会的全体成员在龙子娱的灵堂含着泪唱了一整晚的戏。这个一生清贫的人,应该享用这种送别仪式。他们决定各自再捐些钱,置办些像样的戏衣道具,认真地排出几个折子戏,到各社区去演出,让大家好好地乐一乐。

脸　谱

聂鑫森

　　马悦然是湘江京剧团画布景的,这个行当,如今叫"舞美"。他个子不高,精瘦精瘦的,脸黑且长,小眼睛,塌鼻子,大嘴巴,论长相还真上不得台面。

　　他爹马正雄是个码头搬运工,也是京戏迷。马悦然从小就喜欢画画,中学毕业后,考取了省戏剧学院舞美系,一毕业,便分配到了湘江京剧团。

　　马正雄很高兴,儿子到底与梨园行沾了点边儿。舞美忙在平时,演出时倒很轻松。但马悦然总是和演员一样,准时进入后台,为的是看生、旦、净、末、丑和跑龙套的怎么化装,特别是怎么勾脸,还会见缝插针地向老演员问些相关问题。散戏后,他回到家里,根据记忆画出谱式。渐渐地,他"登堂入室"了。

　　在家休息的日子,他会忍不住对着镜子,在自己的脸上勾勾画画。他的脸,最适于画丑行的角色:蒋干、时迁、胡里、陶洪……马正雄看了总是喊"好",还会求儿子给他画《坐寨盗马》中窦尔敦的脸,然后得意地唱:"将酒宴摆至聚义厅上……"

　　1966年冬,马悦然二十八岁,结了婚,还没有孩子,仍和父母住在一起。

　　京剧团早就不演戏了,角儿们都成了"牛鬼蛇神",扫地的扫地、挨批斗

的挨批斗、写检查的写检查。马悦然出身好，又没有成名成家，而且做事扎实，不喜欢多说话，被拉进了"造反派"的行列，成了看守、监管这群人的骨干力量。

马正雄说："咱可不能作孽啊，睁一眼闭一眼吧。对他们你既不能骂，更不能打，要多关照他们。将来，老百姓不看戏了？我才不相信呢！"

马悦然连连点头，说："爹，我记住了。"

团里"造反派"的头儿是文化局派来的，叫吴廉。他忽然想出了个新招：要押这些"牛鬼蛇神"游街，而且必须化装、勾脸，规定脸谱越丑越难看越好。还交代说，如果谁抵制，就由马悦然强行给他们画。

脸谱难看的，一般都是鬼怪的脸谱，如《西游记》中的金钱豹、《探阴山》中的油流鬼等，再有就是丑行的脸谱了，如《巴骆和》中的胡里、《时迁》中的时迁……

这些角儿都是马悦然的前辈、同事，一个个古道热肠、技艺高超，能勾这样的脸吗？如果勾了这样的脸谱，那是对好人、对艺术的亵渎，马悦然不能这么干！他把这事和爹说了。

马正雄一拍桌子，吼道："这些人，居然想出这样的坏主意，缺德！可这些名角儿如果硬扛，会遭更大的罪。不是叫你负责这事儿吗？你就让他们勾别的脸，梨园行得有自尊。出了事，你担着，你是工人阶级的子弟，他们不能把你怎么样！"

这天上午，被点了名去游街的人，早早来到办公楼的一间大会议室里，每张桌上早备好了白粉、胭脂、油彩和画笔。

马悦然让人把门关了，沉重地对各位说："生活中，你们不是小丑，不是鬼怪，你们都有本色行当的脸谱，想怎么勾画就怎么勾画，这是我允许的！唉，我们这几个前来督促的人，也商量好了，和各位都是一出戏里的人物，也同样化装、勾脸！不过，我们原本担当的就是小丑角色，所以一律勾丑行脸谱。大家加紧吧，然后游街去！"

一片寂静后，各处便响起了细碎的声音。

大家勾画的是生行中的诸葛亮、关羽、海瑞，旦行中的佘太君、李慧娘、窦娥，净行中的廉颇、姚期、窦尔敦、焦赞。唯独没有丑行中的人物，谁愿意勾画呢，不如暂入另外的行当。

马悦然和几个本可以不化装不勾脸的人，倒真的成了粉墨登场的小丑！他成了《问樵闹府》中的老樵夫，角色属于丑行，老脸上双眉如飞蛾展翅，面纹好似游鱼摆尾，行话是"腰子粉脸、棒槌眉、老脸纹"，再戴上毡笠，挂上髯口，真可谓阅尽沧桑。

马悦然勾完脸后，站起来，问道："各位方家，我的脸勾画得如何？"

众人左看右看，纷纷喊起"好"来，声音又响又脆。

催促的擂门声响了。门打开，马悦然迎了上去，笔直地立在吴廉跟前。

吴廉惊诧地问："你，还有其他监督的人，怎么也化装、勾脸了？"

"这样热闹些！"马悦然说。

"他们都成了正人君子，你们倒成了小丑！"

"都是我安排的。我们不是小丑又是什么？"

"胡闹!"吴廉一甩手,气呼呼地走了。游街的事,也就无疾而终了!

马悦然被开除出"造反派"队伍,当然吴廉也不敢把他划入"牛鬼蛇神"的行列。于是,他就成了一个谁也管不着的"逍遥派",有的是时间去琢磨脸谱。

马正雄见了就说:"儿子,爹真羡慕你,成天啥事不干,弄的就是京剧脸谱。脸谱好,有定式,不会变得让人不认识。"

马悦然听了就说:"爹,我听懂您的话了。再苦再难,人不能变心、变脸,这就叫万变不离其'谱'。"

老马说:"这才是句人话哩!"

镜　子

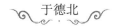

于德北

坐在小镇的浴池里，小文越来越喜欢沉默。从前，每当有人从他的面前走过，他都会主动挥手，打招呼。现在，不管是熟悉的还是不太熟悉的，即使人家热情地喊他，他也只是反应迟钝地抬一下眼，继而反应迟钝地僵笑一下。

小文变了。为什么呢？

这当然是有原因的。

现在的生活，和他往昔的生活相比，富裕多了，这得益于他生意成功。小镇上所有的游戏厅、台球厅都是他开的，他甚至还计划向市里进军，向省里进军……那么多辉煌的梦想，几个月前呈现出了幻灭的迹象。

这种幻灭来自小文的一个秘密。

在镜子里，他终于变成了一只癞蛤蟆。

这件事说来话长。

小文年轻的时候，家里很穷，收入不高，孩子又小，妻子的身体也不好。怎么办？那时候，电脑刚刚时兴，"386"进入市场，有不少"286"被二手转卖了。他琢磨了很长时间，说服妻子拿出积蓄，买了两台"286"，开起了"家庭游戏室"，从此生意渐渐"壮大"，不但很快收回成本，赢利也日胜一日地丰厚起来。

做上买卖的人，心性很少有不发生变化的。小文也不例外。

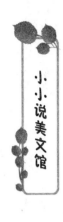

小镇的人发现:原本谦卑的小文开始眼光朝上走路了;很少请客的他,也出手阔绰了;一向低声迎合的他,也出言不逊了。

人们并不觉得奇怪。大家甚至认为,如果自己有钱了,腰杆子也会这样挺起来。

有一天,小文晚饭后出去散步,穿着一双新皮鞋。他走在镇外的田埂上,心里充满了惬意。他站在晚风里,觉得有一种莫名的激动。突然,他感到脚面一沉,继而又感到什么东西在动,不禁低头去看,原来,是一只癞蛤蟆爬到他的鞋面上来了。

他一阵恶心,然后不假思索地抬起脚,把癞蛤蟆甩到五米开外的地方。

甩了也就甩了,他想想不解恨,又拾起一块石头,赶过去,冲着刚刚翻过身来的癞蛤蟆狠狠地砸下去。他停了停,吐口唾沫,大骂了一句:“癞蛤蟆!不咬人恶心人!该死!”

这件事虽然瞬间影响了他的心情,但很快就过去了。

可是过了不久,隐忧出现了。

小文照镜子,发现自己的脸上长了许多小脓包,底色暗红,上边冒出一个白尖儿,凑近看看,和癞蛤蟆背上的疙瘩十分相像。他伸手去摸,面皮似乎又是平整的。

这是怎么回事呢?

他问女儿："我脸上长什么没有？"

女儿摇头，说："没有。"

他又问妻子："我脸上长什么没有？"

妻子摇头，说："没有。"

他彻底晕了。

从那以后，每当他走过镜子前，都会下意识地斜视镜子，每次看到镜子里的自己，都会看见脓包。而且，随着他"事业"的顺利发展，他看到的脓包越来越多，慢慢地又向后颈、肩头、大臂拓展。

他去浴池洗澡，当然避免不了照镜子，他的后背和大腿也长出脓包来了，后背的尤其大。虽然是在镜子里，而不是在现实生活中，但是他内心的不安已达到极点，他感觉自己马上就要疯了。

"搓个背吧？"搓澡的师傅问他。

他从恍惚中醒来，感激地点了点头。

皮肤病患者是不允许进浴池的，这一点，他还是明白的。正因为明白这一点，他竟养成了天天来洗澡的习惯。

又一天，他躺在浴池的休息间里睡着了，晕晕乎乎间，梦见有一只癞蛤蟆来到他的床上，仰身平卧，神色自然。

"你知道为什么来找你吗？"癞蛤蟆问。小文刚要答话，癞蛤蟆制止了他，说："我来告诉你一个秘密。"

"什么秘密？"

"上帝说，人啊，自己有时更容易砸死自己。"说完，癞蛤蟆走了，床上只剩下小文自己。

小文醒了。他猛地坐起来——一只癞蛤蟆正在照镜子，而镜中真的就只有他自己！

跳楼始末

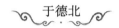

于德北

　　有一天中午,大厦的一楼一下子来了那么多的警察——这种现象以前也有,只是没有这么多。以前的情况是,这一片的两三个巡警热了或者冷了,会钻进大楼来歇凉或取暖。可今天大不相同,十几个警察三三两两地站在那里,仿佛在等待一只苍蝇从头顶飞过。

　　我午饭后散步出入大厅时见到了这一景象,但本质木讷的我根本没把这当成一回事儿。我自以为是地想,大概他们要在附近开露天会议,而主要领导未到,所以,他们暂避到有热风的大厅里来,借此驱赶内心的恐惧和身上的寒气。

　　后来听说,有人跳楼了。

　　这是一个面孔不甚清晰的人,平日里如果把他放入人海里,一定不会有谁注意他,更不会有人为了讨好他而主动上前和他打招呼。一个连死了也不会引起别人关注的人是多么可怜。他就是这样一个人。不管周围的人如何形容他的样子,他的形象在我的脑海中从始至终呈现缺失状态。按说,我们在一起共事已经二十年了,怎么着也会有一点点印象吧,但是,绞尽脑汁,还是想不起来。

　　他是一个有上进心的人——人人都这么说。少年时期他就聪慧,为了

获得老师的好感,经常从家里偷松明子,再早早地赶到学校生炉子,用松明子点火的炉子火上得很快,不一会儿的工夫,强硬的火势就会让炉箅子上的水壶感到内疚。水壶"呜呜"地号叫着,把大口大口的蒸汽吐出来,喷射到玻璃窗和黑板上,墙皮脱落,粉笔软得无法使用,他这份积极的态度给他造成了麻烦,老师不但没有表扬他,反而把他偷窃的行为向他的家长告发。结果可以想见,他像小儿麻痹患者一样孤独地行走在路灯下,歪歪斜斜的脚印证明着他心中的怨毒,忽轻忽重。上述这件事和跳楼无关,只当是一段插曲。

大厦的食堂在地下室——一般的情况都是这样。由此可以证明,人有蟑螂的特性,喜欢在阴暗而压抑的地方共同进食,吃的几乎一样,吞吞吐吐,谁也不会认为对方肮脏。在这个地下室里还有一层小地下室,那是高级领导们进餐的地方,他们一边进餐一边开会,没完没了地研究如何提高收入的问题。

这是一个绝密机构,普通人无法介入,就算你是大厦的中层干部,也只能在门外徘徊,守着心底的戒律,不敢轻举妄为。尽管高级领导说,这个小地下室任何人都可以进来,但是,没有一个人不把这样的话当作耳旁风。

他是一个特例。有一次,领导们需要一个人具体执行一件事,就不约而同地想到了他,原因有两个,一个是他从来不说话,另外一个就是每当领导注意到他时,他的目光中都充满了无限的委屈。高级领导让食堂管理员请他进来,于是,他意外地和大人物们共进了午餐。他的内心从未如此光明,他几乎要哭出来了。就在那一次,他真切地知道大领导和他们吃的东西是不一样的,其伙食标准之高完全可以用浪费来形容。

大领导们需要一个执行人,于是他成了唯一人选。他从未认真地思考过这个问题,就像精神病患者从来都会"认真思考"人生和未来一样。

严格意义上讲,他的生活确定有了变化,他是整个大厦里唯一一个可以在大领导们进餐完毕之后进入小地下室的人,他的肚子里装满了骨头、鱼刺和贝壳,但凡行动快了一点,这些东西都会在体内发出哗哗啦啦的声响。这

声响是多么与众不同,简直使人着迷,他的形体发生着变化,但肚皮的声响一如从前,大领导们都觉得这是一个奇迹,有时还会半开玩笑地让他在楼梯上跳来蹦去。

事情发生得太突然。

据说这段日子大领导们要参加集体体检,但凡查出身体不好的人都要离职休息。这在某种程度上造成了某些人的恐慌——人的心理大多是这样的,怕去医院,一去医院哪有查不出毛病的?不去查还好,去查了发生心理变化,事儿就大了。大领导们陆续地去查了,果不其然,凡是去的,都查出了毛病,所以,那些等待的人更受煎熬。

这件事与他有关吗?按说没有。但是,突然有一天,他在梦里接到了一个通知,说是他也得陪大领导们去照 X 光,虽然是个梦,可这一惊非同小可,他自此寝食难安,日见憔悴,精神恍惚,目光呆滞……

就是这么回事。在一个谁也不了解的夜晚,他跳楼了,据说跳楼的时候,那些骨头啊、鱼刺啊、贝壳啊发出了欢乐的鸣叫,正是这阵阵的鸣叫打消了他的恐惧,使他坠落的姿势不至于失去原本的雅观。

你们不用看我,我说得这么热闹,缘于我是一个小说家,对于本文的主角我真的对不上号,因为在我的印象里,他们所议论的这张面孔至少还有二三十个……我,哪里有这样的智商去把他们分辨清楚。

心灵·春天送你一首诗

我讨厌我身上的汗味

周海亮

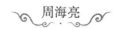

我知道我身上有一股很重的汗味。我还知道,那气味很难闻。

现在是黄昏,我挤上12路公共汽车,从东城去西城。我喜欢12路公共汽车,它有小城最长的公交路线。每天我都要往返于东城和西城之间,清晨与黄昏,12路公共汽车伴我穿越小城。有时我嫌这段行程太短。我喜欢站在汽车上,打量城市的街景。

我讨厌一些作家把我们写得很可怜,偏偏现在的作家大多把我们写得很可怜——在晚上,在睡觉之前,我喜欢翻翻杂志。我翻杂志绝非有什么作家梦,纯粹是因为无聊。我常常被杂志里的那些农民工所感动,我对他们,心怀怜悯。但我与他们不一样。我不想让别人怜悯,并且我真的没有让他们怜悯的理由。事实上,除了偶尔的伤感、恐惧、孤寂与无所适从,我过得挺快乐。

我对快乐的要求很低。一瓶白酒、两包咸菜、一根火腿肠,我的夜晚就是快乐的。我一边喝酒一边打量街景:我喜欢坐着轮椅的老人、挺着啤酒肚的男人、挎着坤包的女人、踩着滑板的孩子。我喜欢路灯投下的光影,汽车溅起的污水,男人打出的酒嗝,树叶沙沙作响的声音。我喜欢马樱花的气味,流浪狗的气味,汽车尾气的气味,女人身上随风飘过的香水气味。城市里,一切都是美好的。我喜欢这个小城。

可是我身上有一股很重的汗味。这让我非常难堪。

清晨,我用冷水将身体一遍又一遍地洗涤。从西城去东城,在公共汽车上,我非常自信。我挤在人群里,身体轻轻地晃。我迷恋这种感觉。我愿意被这种迷恋所欺骗。我想起母亲的摇篮。

可是黄昏,当我顶着一身臭汗回来,我就变成另外一副样子。我尽可能地躲开人群,尽可能地离他们的身体远一点、再远一点。然而,我仍然看到他们厌恶的表情。他们或扭过脸去,或捂住鼻子,或打开窗户,或干脆下车。每当这时,我会非常尴尬。仅仅有一次,一身臭汗的我被挤到一个女人的身旁,那女人看看我,非但没有面露厌恶,还冲我笑了一下。那一刻阳光明媚,我认为全世界的花儿,都会在那一刻开放。

我常常想,假如我不必流汗,我就会像城里人一样,每时每刻都干干净净。或许我还会往身上喷点香水,淡淡的,甜甜的,若有若无的,丝丝缕缕的,轻轻翕动鼻翼,就仿佛站在槐花丛中。我会靠近每一个城里人:老人、孩子、男人、女人。我喜欢漂亮女人,仅仅是靠近她们,就能让我感到幸福。

现在我被挤到角落。本来我站在门边,可是乘客越来越多,我努力与他们拉开距离,就到了角落。然后,一个男人挤过来,我看到他的嘴巴里闪出一颗漂亮的假牙。他看着窗外,突然皱紧眉毛,翕动鼻翼。他扭过脸,上上下下打量我。他的表情,让我极不自在。

"你身上的味儿?"他问我。

"我干活儿回来……"

"我是问,是不是你身上的味儿?"他有些不耐烦。

"我住西城。"我说,"工地上不能洗澡……"

"真啰唆。"他近在咫尺地盯着我的鼻子,似乎随时可能将我的鼻子咬掉,"我问你,是不是你身上的味儿?"

"是……"

"真是没素质。"他冲我瞪瞪眼睛,"离我远点!"

我非常想离他远点。可是那时候,我早已被挤得动弹不得。

车上太挤。我低下头,说:"等再过几站,车里腾出地方……"

"那你快下车!"他说,"这么小的车厢,被你弄得臭烘烘的。"

"可是,我得到西城下车……"

"我让你下车!"男人冲我吼叫起来,"你想把大家都熏死?真没教养!"

我不敢再说话,更不敢再看他。车厢里静悄悄的,我知道大家都在看着我们。我还知道,那些眼神太过复杂:怜悯、好奇、漠然、愤怒、幸灾乐祸、兔死狐悲……可是他们没一个人说话。我还知道他们并非都是城里人,我相信,他们之间,至少有一半,刚刚来到城市。

我理解他们。他们没有必要帮我。他们厌恶我的汗味,如同我也讨厌别人的汗味。世界上,所有难闻的气味,都让人不舒服。

我下了车,一声不吭。我走回宿舍,路上,买了一瓶白酒、两包咸菜、一根火腿肠。八站路,我走了整整一个半小时——不是我走得慢,我太累了。可是我并不恨他。城里人都爱干净,我也爱干净,城里人都讨厌汗味,我也讨厌汗味。就是这样。

我只恨我自己。因为我的身上,总有一股难闻的汗味。

勘　误

陈　毓

恨能杀人。老汪死的那天,是我们结婚十年来我最恨他的一天。我对着太阳发誓:让老汪从我的生活里消失吧! 于是,老汪死了。我成了寡妇,一个要在监狱里黯然生活许多年的寡妇。我妈骂我克星,当寡妇的命。她那样说的时候完全忘了她自己也是寡妇,是不是克星,她自己不说,我也没工夫细想。我忘了同情自己,却同情我妈,她这个老寡妇要为一个失去自由的寡妇担当更多,比如她要为我带儿子。

儿子使我内心甜蜜,但这甜蜜现在像把一勺糖倒进一大盆洗脚水中,没意义了。我的存在,在儿子那里,未必不是一种耻辱、一个生活的恶劣玩笑。一夜间,他失去了父亲。母亲还在,也类同失去。九岁的男孩,上帝该为他做点儿什么呢?

我妈最后一次诉说我十年前的婚姻:错的根源,就是没有及早听她的预

言,我是自作孽,活该。

把儿子暂且放下吧,如果放他于心上,我会难敌爬过高墙的诱惑,难以穿越那漫长的时光。梦里,我像一条咬断尾巴依然不能自救的蜥蜴,像监狱墙外层叠的杏花,却因为永远结不出果子,而使所有的绽放显得那么诡异和病态。

监狱所在的地方叫莲花寺,如果犯人收发信件,地址全称是莲花寺石砟场。年复一年,劳改犯们把半座山都挖空了,裸露出白色的岩石。在不高的山上看,那些裸露在阳光下的豁口,像大地难以愈合的伤口。

监狱虽然叫莲花寺,却既无莲花,也无寺庙。据说,这两种美好的事物在遥远的年代里都曾经真实存在过,后来一场大地震使得这些消失了,使得此地从此名不副实。杏花倒是有,漫山遍野地开。如果给这个地方易名,改成杏林倒更确切。春天来到,一夜间每棵杏树上都怒放着杏花,花朵在春风里笑,在春风里凋落,树下都是厚厚一层杏花瓣。之后,叶子一天天长大,占据了杏花的位置。那时麦鸟鸣叫,叶子堆满了杏树枝丫,饱满犹如果实,但却不会结出一个杏子。这是奇迹。回忆刚刚过去的春天里的那场繁华,梦境一般。监狱里的女人们说,开花容易,结果难,像监狱大墙里的春梦,简直就是笑料。

我记得那些年里,年年看着杏花在春天绽放,却无一只果实能从那绚丽里发育、成熟。没有,什么也没有。

我在绝望中等来的,是母亲带给我的盗版书和食物。

现在,说说我那当中学语文教师的寡母。我爸在我出生的那年离开了我们,我猜不出父亲的样子,也没法想象有父亲的日子会是什么样的。母亲从来没有跟我提起过父亲,仿佛父亲是一滴水消失于一汪海水中,最后被什么动物吞咽下去了,连想象的痕迹都不留。

监狱会迅速地改变一个人。比如,把一个读书不多的人变成一个渴望书籍的人,因为灵魂与时光的需要。我的变化使母亲看我的目光变得温暖,像看一个调皮捣蛋的学生向三好生的转变,似乎仅有这点儿改变,我也是值得进监狱一次的。

母亲送书来的时候,就同一个作者在开读者见面会一样,对书做如此如彼的推介。母亲送来的新书全是盗版书,因为便宜。当然,如果你看见过母亲校勘过的书,你会觉得她真有作者般的骄傲与严谨。看,那么多的错,她都能一一校勘正确,可见她和作者是多么心意相通。

你无法想象,十多年前的盗版书籍,远没有今天的盗版做得那么好。纸质低劣不说,内容也是错漏百出。我母亲买那些书给我,把错误的地方一一修改了。她似乎在其中找到了某种难以言传的成就感。这些书籍到达我手上时,也自有一种神圣和庄严。那些修订的地方像衣破处新绣出的花朵,让那些盗版书籍变得光明磊落起来。号舍一狱友大概也体味到了这点,她愿意用一本精装正版的书来和我交换。当然,我只答应借给她读母亲校勘过的书,并不交换。那个女犯把两本书对照着看过一遍,得出结论,母亲勘误过的书,和原版不差一字,连标点符号都不差。这后来成了监狱里流传的佳话。

感谢那些年,总有盗版书,陪伴母亲,也陪伴了我。

母亲勘错到第十年的那个春天,杏花依然绚烂地开着,我艰难地走出了监狱。

我出来的那一年,母亲再也不用去给我送书了,她也不用去买廉价的盗版书了,不再为捉襟见肘的清贫生活精打细算了。母亲说,现在,盗版书越来越少了,就算有,也足以乱真,她没地方勘误了。

这个春天,我竟然一个人偷偷地去了趟莲花寺监狱。那个石砟场已经废弃多年,当年犯人砸石子的地方依然岩石裸露,像一个难以愈合的伤口。按说,没有犯人会对关押过自己的监狱心怀向往,于我,这就是一次鬼使神差。

更恍惚的是,我看到了那大片的杏花林,树的枝杈显得比十几年前低,看来也是人为砍过了。更梦幻的是,我看见那些树枝上,结满了谷穗般繁茂的青杏。

心灵·春天送你一首诗

老孟的哲学

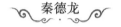
秦德龙

　　老孟有句口头禅,每当他对事物发表见解时,总要先来一句:"我的哲学是——"大家都知道他有这句口头禅,也都爱听他谈哲学。老孟的见解的确与众不同,且入木三分。譬如,他是这么评说《西游记》里那些妖怪的:"我的哲学是——凡是有来头的,全被一一接走了;而没有来头的,只能被孙悟空一棒子打死。"

　　怎么样,老孟够深刻吧?

　　老孟真是个神仙,没有他看不透的事情。人们爱听老孟说话,也就希望能被他点化,让自己活得更明白一些。这个世界,让人看不懂的事情真是太多了,似乎某些人的利益增长点,就在于众人的糊涂中。当然,有人并不认为老孟的哲学放之四海而皆准。看了电视里的鉴宝节目,有人感到困惑,就来问老孟:"专家怎么知道是真的呢?"老孟马上回答:"我的哲学是——专家一定知道什么是假的。"对方又问:"专家怎么知道是假的呢?"老孟略一沉思说:"我的哲学是——专家一定知道什么是真的!"围观的人哄堂大笑,以为老孟理屈词穷。后来,人们才醒悟出老孟的哲学甚是奇妙,看似可笑,其实是金玉良言。

　　凡人中有老孟这样一位哲学家,生活就充满了笑声。人们喜欢听老孟说话,喜欢听他妙语连珠,喜欢被他开启心灵。遇到难题,总要来向老孟请教,听他讲一番哲学,讨一个高招。

老张的孩子与老李的孩子是中学同学,且是同桌。两个孩子功课都好,不是这个考第一,就是那个拿冠军。两个孩子却在暗中较劲,互不服气,后来,竟发展成冤家对头,见了面,互不搭理。两个家长很发愁,就一块儿来见老孟,向老孟问策。

老孟笑道:"我的哲学是——光芒不会影响光芒!"说着,老孟点燃了一支蜡烛,又点燃了一支蜡烛:"你们看,两支发光的蜡烛,就好像两个优秀的孩子,相互辉映!"

听老孟说出这么有哲理的话,老张和老李都笑了。

这年头,社会上骗子很多,有人上当受骗了,来找老孟诉说,想问问老孟,有没有防治骗子的高招。老孟说:"我的哲学是——傻子买,骗子卖,还有傻子在等待!因为,世界上,傻子比骗子多!"问话的人不解其意,表情很郁闷。老孟加重了语气说:"我的哲学是——傻子比骗子更快乐、更健康。请问,骗子懂不懂福祸相倚的道理?不懂。但是傻子懂。傻子总是说,吃亏是福。骗子和抢银行的劫匪一样,整天忐忑不安,一辈子都不会快乐,更不会健康!"

求教的人,明白了老孟言说的哲学道理,回家当愉快的傻子去了。真的,一旦被骗,只能自己安慰自己了,就当花钱买个教训,以后不再上当就是了。也许,只有这样,才能让自己真正精明起来。

哲学是给人以启示的,是让普通人长智慧的。所以,人们进而希望老孟能指导他们如何赚钱。

有一天,一家公司贴出了海报,说外边欠了公司三十万元,谁能把钱要回来,公司只要二十万,剩下的都奖励给讨债人。许多人跃跃欲试,想自己挣十万元。然而,这些想发财的人,全都无功而返。

有人说与老孟,问怎么办。老孟说:"我的哲学是——君子爱财,取之有

道。如果能要回来二十一万元，挣一万元也不错。"

对方恍然大悟，拔脚就跑。很快，要回来了二十一万元，二十万元交给公司，自己留下来一万元。

这个得到一万元的人，走到哪儿，都说老孟的好话，宣传老孟有大智慧。甚至，还当着老孟的面，歌颂老孟聪明过人。

老孟淡然一笑："我的哲学是——听不见掌声，才能赢得掌声！"

老孟领着费解的人，去看了杂技表演。两名演员在竹竿上翻飞，一个接一个地翻着跟头，就像两只蜻蜓，在竹林间旋转。竹竿抖动的幅度逐渐变大，演员的跟头也渐次增加……演出结束时，台下响起了热烈的掌声。

两名演员鞠躬谢幕。一名演员掏出了塞在耳朵里的棉花，对观众说："我们表演的时候，精神很紧张，但却很镇定。因为，我们的耳朵里塞着棉花。"另一名演员说："我们听不见任何声音的干扰，包括观众的掌声。"

费解的人，不再费解，将老孟视为大师。老孟笑道："我的哲学是——生活是我们最好的老师。生活将我们磨圆，才使我们滚得更远。"

不爱种地的人

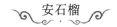
安石榴

我们去山里买山货的时候遇到一位山民，一眼就看出他和别的山民不一样，但又不能马上说清楚哪里不一样，因为他也穿着灰扑扑的衣服、灰蒙蒙的鞋子，头发乱糟糟，夹着烟的手指指甲里有黑线样的污垢。和别的山民一样，他也不先和我们说话，只是不住地打量我们。我们当中当过侦察兵的大正指着他说："走，去你家。"

他家的火炕很好。旅行把我们弄得落寞又疲惫，一个一个爬上炕，每个人都喃喃自语："呵，呵，好啊，热乎。"其实我们不冷，但"热乎"总给人传递温暖的感觉。

他的家还算整洁，大花朵的地板革铺炕，大花朵的瓷砖铺地。炕梢是与炕宽度相等的炕琴，一种大开门多抽屉的重头家具。顺延到地下，是一溜儿箱柜。箱柜上方的墙上，中间有一面镜子，两侧是两面镶着满满照片的镜框。南窗下摆着一张圆桌，上面的搪瓷盘里摆着几只质地、花色、形状都不同的杯子，桌子周围有几只折叠钢管椅和塑料圆凳——应该说，这是一户老式家庭，如今已经比较少见。现在山里山外的生活方式正在同化，山民家的摆设都在有意模仿城里。

他给我们泡了茶，分送到我们手里的有喜鹊登枝图案的玻璃杯，这应该

是20世纪70年代的东西,端在手上有一种时光回溯的趣味。还有没图案的几条棱边的敞口玻璃杯,乳白色瓷杯,粉色塑料杯,某某酒字样三两装的酒瓶杯。茶是茉莉花茶,散发着浓浓的香味。我们这些已逾中年的人,一时竟忘记喝茶,看着各自手中的杯子发起呆来。

大正对正要坐回钢管椅上的山民说:"老哥也当过兵啊。"

他呵呵笑了,扭头看看镜框回道:"好眼力啊,照片上看出我来啦。你也当过吧?"

"你当的是炮兵,我当的是侦察兵。你怎么又回来种地了呢?"大正在城里打拼二十几年,现在有车有房有企业。

山民又笑了起来。"怎么说呢?"他卷了一根老旱烟,"我给你们讲俩故事吧。刚当兵那会儿,新兵受训,我们在大太阳下一站就是俩小时,晒得都流油啊。首长来了,问我们热不热,我们知道马上就要休息了,很兴奋,但按着教官教我们的,异口同声喊道:'不热!'首长说:'好啊,本来是要你们休息一会儿的,既然不热,再站俩小时。'俩小时过去了,我们烤得快化了,首长又来了,问我们热不热,这次我们齐声叫道:'热!'首长说:'考验你们的时候到了,再站俩小时。'结果噼里啪啦晕倒了好几个。这事儿没过几天,又让我们挖坑,栽树的坑。我们挖了一天坑,第二天把这些坑全种上松树,松树都比我们人高,我们费力栽上,然后踩实、浇水,可是,第三天你猜怎么着?"

大正说:"全挖出来。"

"对呀,命令我们全他妈一棵一棵地再挖出来!"

"还应该有第三个故事吧?"大正说。

山民猛地拍一下自己的大腿:"妈的,现在都不敢想啊,恶心!"他抽了一阵烟才肯讲第三个故事:"一天夜里紧急集合,让我们每人带上自己的脸盆去连队茅房舀大粪,一盆一盆地运到连队菜地旁边的积肥坑里。从半夜一直运到东方发白,然后排着队去洗澡。我们都把脸盆扔得远远的了,却命令我们捡回来,洗干净,继续用。从这一天起,我发誓熬三年,一天都不多待,立马回家种地。"

我们听得心惊胆战,只有大正该怎么喝还怎么喝。

我们离开时,买了山民的木耳、玉米面和小米。他在门口送我们,说:"你们年根儿再来吧,到时候我杀两头笨猪,自家吃一头,卖一头。"

我们的车子启动了,我从后车窗看仍然站在那儿的山民。他肩膀很溜,开始驼背,袖管空荡荡的。我回过身看大正,他驾着车小心地驶过一段坑洼的土路。他的后背厚实平阔,仍然是一副军人的挺拔身板。

车内另一位同伴一定也看到了这一切,他用人人都熟悉的范伟体说:"同样是当兵的出身,差距怎么这么大呢?"

"我是个不爱种地的人。"大正回一下头,好像很认真地说道。

修鞋匠

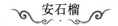

安石榴

　　修鞋匠坐在透明活动房车里,隔着塑料布,街上的人能看到他模糊的身影。他身材高大魁梧,自己一个人就占据了活动房的一半空间,他的顾客蜷曲在门边角落的马扎上。

　　修鞋匠喜欢聊天,但从不聊他的修鞋生涯。第一次来修鞋的人就知道他目前鳏居,前妻是个美女,因为太漂亮,修鞋匠在谈恋爱的时候父亲就已经预测到了他今天的结局,不让他娶她。修鞋匠没有听,娶了,还生了一个女儿。结果,父亲说的话应验了,她离开了他,带走了他的女儿。

　　修鞋匠聊这些的时候,仿佛在说别人的故事。修鞋匠是用手工作的人,动动嘴或许是为了使顾客不寂寞。

　　听了这些话,几位已年纪老又并不显老的老太太会跟修鞋匠继续深入探讨几个现实问题,她们说:"这么着不行啊!你得再找一个,重新成个家。"

　　"嘿嘿嘿,不容易呀。"修鞋匠响亮地答道。

　　老太太说:"你有房子吗?"

　　"房子是有过的,现在没了。"修鞋匠砸下一个皮钉。

　　"咋没的?"

　　"卖了,老早就卖了。"修鞋匠从工具箱的吸铁石上又摘下一个皮钉。

老太太向后仰仰身子,咂咂嘴,问道:"为啥呢? 为啥卖了?"

"嘿嘿嘿……嘿嘿嘿……房子不好,平房。现在我租房,租了一个暖气楼房。"

"那也不能卖了呀,平房也是房呀。你把房子卖了,哪个女人会跟你正经过日子呢? 没了房子,你老了可咋办?"

老太太把拳头攥得紧紧的,放在膝盖上,她声音发颤,气喘吁吁。埋头割胶皮的修鞋匠抬起头,呵呵笑了,说:"瞧瞧,瞧瞧,我还没着急呢,你怎么还急了?"

老太太叹息又叹息,挥挥手又问:"闺女和你亲吧?"

"她不见我,跟她妈妈走了,几年不见我一回。"

"我说嘛,你瞅瞅,你瞅瞅。"老太太总结道,"没有房子哪行呢,自己的亲闺女都不认你!"

"哈哈哈!"修鞋匠大笑,没有多解释。

"真是个没心没肺的。"老太太点戳修鞋匠,又用力说了一遍,"没心没肺!"

修鞋匠左手食指只有一节,缺了两节。修鞋匠从来不主动说起他的手指头,可是,修过几次鞋的人都知道真相。真相大白了,人们也就悟出来修鞋匠不主动说起他的手指头的原因,其中假如有一点儿忌讳的话,也仅仅是保护自己的职业尊严,而不在于故事本身揭示的真相是什么。修鞋匠不想让人们因为一个手指头,怀疑他的专业水平。

可人家问了,修鞋匠也不生气,用一贯的坦率语气讲:"小时候喜欢玩猎枪嘛,冬天打个兔子野鸡啥的。鼓捣鼓捣,炸子儿了,崩了手。当时并未炸断,骨头和肉是断了,却连着一根筋,耷拉着。"修鞋匠的右手在左手残指上方比画着当时的情景,"医生说能接上,就是得多花钱,得多花不少钱哪。哪有钱呀,没钱啊!"修鞋匠的右手做了一个剪刀手,说:"就拿剪子剪掉了。"

听者头皮发麻,修鞋匠摊开双手,表示无奈。他双手手心朝上,一个手

指盖都看不见,那只残指倒还算顺眼,不像看他手背时那么别扭了。

　　修鞋的人慢慢都知道修鞋匠的故事了,最终成了他的老主顾,再来修鞋,会多给他一点儿修鞋费。修鞋匠接在手中,道谢,却并不知道他们为什么这么做。

岛礁的诱惑

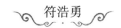
符浩勇

在码头上的酒馆里，一打听便能知道这个简短的故事。

故事的主人公是一个身材魁梧、脸色黝黑的老船长。正像我所说的，在潭门这一带，老船长没有依靠航海仪器，只凭借一个航海罗盘和一本手抄《更路簿》，在南海闯荡了五十多年，从来没有发生过一次迷航。但人们又说他是个运气最糟的人，二十七年的船长经历中，有五艘船沉在他手中。

"他把船头瞄准着比牛还大的丛岩礁石，照直开过去，然后船就开不动了。"酒馆里的话往往是这样说起，最后便特别告诉你，"但不管怎么说，他是南海这片汪洋上最棒的船长。"

接着，便是一连串的船长战台风、船长斗海盗的惊心动魄的逸事。

事实上，船长已经六十五岁了。六十岁时，他的船载着家人在白沙礁上触没。在那场罕见的台风中，他不仅失去了一艘坚固的船，而且失去了自己健壮的儿子。那是他毕生驾船驭浪的希望，一夜之间他的头发变为苍白。

六月份是一个休渔的季节，除了远洋到南沙的船只外，多数渔船开始入港躲避即将到来的台风，傍晚的天空鸦雀无声。在酒馆里喝酒时，由于手的剧烈颤动，老船长望着门外的海，静静地喝酒，他的脸上依然挂着开朗的笑容。他精神矍铄，目光如炬，回忆起往事，可以滔滔不绝地讲上一天。

其实,在这个简短的故事发生后的前五年,老船长并没有出海。除了每天傍晚时分待在酒馆里饮点酒以外,总是呆呆地看着酒馆外的海,夕阳把他花白的头顶弄得金黄一团。酒馆的主人走过来,咳嗽了一声,说:"莫想啦,船长。好好养老吧。那也怨不得你,年岁大不说,就说白沙礁,灯塔立在老鼠礁上,外面有那么多礁石围着,加上台风浪大,白花花一片。年轻人的船都躲不过去,莫说你……"

老船长仰脸看了看酒馆主人一眼,说:"我知道。"

酒馆主人刚要离去,他却又说:"我刚又买了一条船。"

酒馆主人愣了一下,说:"你别吓人。"

老船长说:"我在等台风。"

我真正见到老船长时,是在鸭公岛上。鸭公岛在西沙群岛的永乐环礁中,岛四周水较浅,且礁盘分布的范围极大,大中型船只无法通航。进出鸭公岛附近海域,只能通过渔船或小艇。岛四周被一层厚厚的"珊瑚墙"围着,岛内天然形成了一处浅湾,许多小船停放在此,路基本是由细小、零碎的珊瑚礁石组成,整个岛仅有十余株零星的树木。

大约一百个潭门的渔民居住在岛上。渔民们在岛上用木材修建了低矮的房子,为了防风,屋顶用珊瑚石压着。他刚刚匆忙脱去汗渍斑斑的汗衫,换上了一身干净的衣服。

我说明来意,老船长便从闯海捕捞打开了话匣子:"判断洋流、风向是确定抛锚位置的最起码的方法,有时风向突变,锚的位置必须改变,否则缆绳绞在一起,你休想开船;胆大的渔民常爬到桅杆上远望岛礁,有点经验的可以看见十五海里以外的灯塔、五十海里以外的礁盘。"他说他可以根据岛礁在天空云朵中映出的明暗程度来判断。虽然曾经遭遇过种种险情,但他说从未惧怕过死亡:"我打鱼这几十年,除了死亡,都经历过了。"

"出海虽有危险,但是也有很多在陆地上感受不到的乐趣。"说起海上的事,老船长如数家珍,"不管太阳有多晒,海风一吹就完全不觉得热;而且海

上的空气也比陆地上好;海上看日出和日落非常美,如果有云彩,霞光可以映红整个天空……我最远曾到过曾母暗沙。迷航时看天边最远的地平线,西沙、南沙岛礁上的土是白色的,太阳一照会有微微的反光,远的是白光,近的是青蓝光,我一看就知道岛礁在哪里。"这时候,他似乎忘却了有五艘船曾在他手中触礁。

三个月后台风降临。进港来避台风的渔船黑压压一片,他们也把海上各种不幸的消息带进酒馆。

"老鼠礁上的灯塔让浪卷走了,"一个年轻水手说,当时酒馆外暴雨呼啸,"只有浪,什么也看不到。我可是绕了圈子开过来的。"

酒馆里乱哄哄地没人接声。酒馆的主人不由地向屋角望了一眼,发现那个熟悉的座位空着。

"我的老天爷!"酒馆的主人叫了一声,便嚷,"老船长没有来? 这老家伙莫非要出海去?"

酒馆里立刻静寂一片。屋外仍旧是狂风暴雨的呼啸声。

"他是疯了吗?"一个年轻水手叫起来,"莫非他又要去撞礁吗?"

"黄岩岛那里的一圈礁石围绕着一片海,像一个封闭的湖泊,有一个口可以进出船只,圈里的海水是浅蓝的,只有刮台风了,才可以进去。"有人说,"能撞准老鼠礁也算有功夫呢!"

"上个月,老船长去了鸭公岛。"酒馆主人说,"他说,他等台风。"

五天之后,台风过去。渔民急着去鸭公岛。

码头旁边的岸边,海浪把老船长漂到岸上,他搂着一块被毁的船板,一脸平静的样子,湿漉漉的,晶莹透亮。人们从那船板的痕迹上明白了船长到了什么地方。人们惊讶于他竟然还是在台风中到了那地方。"我的老天爷。"有人说。

老船长的尸体被掩埋在鸭公岛珊瑚礁下,在潭门镇提及死于海难者,常常可以听到"捕鱼是他一生所爱""他死于热爱的捕捞",等等,通常说这些话

是用来安慰生者的。渔民都知道老船长等台风闯礁岩的缘由。

补记:据了解,目前《更路簿》已经入选第二批国家级非物质文化遗产名录。

"千里石塘(西沙),在崖州海面之七百里外,海舶必远避而行之。万里长堤(南沙),波流甚急,舟入回溜中,未有能脱者。"(明·顾玠《海槎余录》)

"自大潭郭东海,用乾葵驶到十贰更时,驶半转回乾葵已亥,约有十五更。"这是苏承芬老船长保存的《更路簿》中《立东海更路》篇的内容。东海就是现在的西沙群岛,是过去我们潭门渔民的叫法。"更"是渔船的航行单位,一"更"约等于十海里;"路"是渔船的航行线路。

项　链

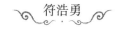
符浩勇

清晨,李梅照例五点四十分就到了瑞海苑小区。这时候业主们都还在酣睡着,小区显得很安静。她是小区的清洁工,朦胧的路灯光下,她的身影显得孤单而寂寞。丈夫去世了,女儿上大学全靠她,她每天的工作就是把小区绿化带打扫得干干净净。

瑞海苑是这座城市高档小区,是"白领"集中居住的地方。在一条两边开满杜鹃花的甬道上,李梅仔细捡着晚上掉落的叶子,她觉得这么漂亮的小区不应该有一点儿垃圾。突然,地上一样东西让她的心抖了一下——那是一条金光闪闪的项链!还有一个海蓝色心形吊坠!

"这是谁掉的呢?"她看四下没有一个人影,便将项链捡起,揣进衣服口袋里。

八点前,李梅早晨的工作结束了,周末睡懒觉的业主们还未起床,她便

回到家,打算晌午再去小区寻找项链的主人。

吃过早饭,她快要出门的时候,一种本能的欲望像调皮的孩子一样从心里蹿了出来!她试图让那调皮的孩子规矩一点,可没用。于是,她从衣服口袋里拿出了那条项链。

李梅其实很妩媚,只是,她的秀气被埋没了。那条项链使她心潮起伏,穿衣镜前,她红着脸将项链挂在了自己脖子上!她顿时觉得自己从未像今天这样迷人:白皙的脖子,亮晶晶的项链,海蓝色吊坠。这项链做工异常精巧,戴上它简直妙不可言……

她在镜子前沉醉了片刻,终于管住了心里那个调皮的孩子。"我戴过金项链了!"这样想着的时候,她将项链小心地取下来,放进衣服口袋里。

瑞海苑小区里,有一个"事务公示栏",有时也有业主张贴一些温馨提示。李梅先到那儿,想看看有什么线索。果然公示栏有一则寻物启事:"本人近日在小区丢了一条金项链,欧式工艺,有海蓝色吊坠。有捡到送还者,必有重酬!"落款人是瑞海苑小区二十二号楼紫竹座杨女士,还有联系电话。

李梅敲开紫竹座漂亮的大门,进了富丽堂皇的厅堂,拿出那条项链的时候,杨女士一看就惊喜地叫着:"是它!就是它!"她把项链紧紧抓在手里,很激动地说这条项链对她来说很重要,那个海蓝色吊坠里,有她最难忘的一段感情。杨女士没忘酬谢的承诺,递给李梅一万元!

李梅连连摆手,她觉得自己仅仅把别人的东西还给别人,这是任何人都会做的,怎么能要别人的钱呢?见她很坚决,杨女士只好收起了钱。

李梅起身要出门时,杨女士从卧室拿出一条很粗的项链来,说:"大姐,这条项链送给你,你戴上一定很漂亮。"李梅急了,说:"你这是干什么?我不能要!"杨女士笑了,说:"大姐您别误会!这是条仿冒的,就值三十块钱。""仿冒的?""虽是仿冒的,可看上去很漂亮,没人看得出来。"

李梅想想,有点羞怯地收下了。

此后,李梅在小区绿化带清扫卫生时,脖子上就戴着那条仿冒的项链。

她心里舒坦,觉得自己又散发出妩媚秀气。

暑假,上大学的女儿回来了,惊喜地发现妈妈脖子上戴着一条漂亮的金项链,说:"妈妈,您真美!"第二天,女儿要和姐妹好友聚会,要借妈妈的项链,她就给女儿讲了项链的来历,最后说:"项链是仿冒的,只值三十块钱。"

"反正别人看不出来!"女儿高兴地戴上了项链。

晚上,女儿回来了。她一进门就对妈妈说:"妈妈您骗人!我去金店找师傅鉴定过,这金项链不是仿冒的,是真的!"

"真的?"

"已鉴定了,绝对是真的!"

李梅终于明白了什么,决定将项链还给人家!

她在瑞海苑小区当了十二年清洁工,捡到过钥匙、手机、钱包、金戒指,都交到物业管理处,寻找失主,物归原主,她没有将一样东西据为己有。她唯一捡了没还的,是她十八年前在街边破旧的垃圾桶边捡的一个被遗弃的女婴。现在,女婴长大了,成了一名漂亮的女大学生。

她没有迟疑,毅然出门向小区二十二号楼紫竹座走去。

迷途者与狼

郭震海

故事依旧发生在簸箕庄。

漆黑的夜,在簸箕庄的后山,阴森的丛林里有一匹行走的狼。

它是一匹地地道道的北方狼,在没有狮子和老虎的北方丛林,狼就是王。

狼喜欢站在一块高大的石头上,发出高亢的呐喊,去证明自己的存在。

狼习惯用王者的姿态去审视远方。这匹狼走得不紧不慢,不慌不忙。

小达理这时正蹲在黑暗中,他听到荒草的轻微响动后想到了狼。

小达理蹲在地上屏住呼吸,他知道狼正朝着他的方向走来,他担心它会伤害他。

其实,狼很早就注意到黑暗中的小达理。灵敏的嗅觉告诉它前方是一个小伙子。它注意着他的一举一动,它不敢贸然行动,它担心他会伤害它。

达理想起爷爷在世的时候常讲,狼是不伤人的。在国外,北方印第安人的神话中,狼是主宰动物界的"长者"。它可以召集自己的伙伴和同类,命令它们去帮助神话里的英雄。

达理明显感觉狼离自己越来越近。

咚咚,咚咚——

达理听到自己狂烈的心跳声,在寂静的夜,声音大得仿佛震天动地,更要命的是,此时他还光着屁股。

按理说,从小在山里长大的孩子是不会迷路的,可他今天迷路了。傍晚,他去给老张叔家送牛,返回时,想翻山抄近路,那样和走大道比起来至少要少走五里路。结果天越来夜黑,黑暗中他走得浑身是汗,几个小时过去了也未能走出丛林。漆黑的夜里,在密不透风的林木中,他辨别不清方向,甚至看不到天空。

他累了,坐下来休息,肚子里一阵蠕动。他起身选择了一棵树,蹲下方便。也就在这时他听到了狼的声音,他光着屁股,蹲在原地不敢动。

狼望着达理。在狼的世界里没有真正意义上的黑夜,它喜欢在漆黑的夜里撒欢,喜欢在漆黑夜里自由行走。黑夜让人感到恐惧,黑夜是狼的天堂。

在离达理只有一米远的地方,狼的脚步放慢了,停下了。它看到了达理光着的屁股和额头上的汗,它嗅到了达理的呼吸,那是过分紧张的呼吸,吹过来的是湿漉漉的气流。

达理如一个盲者,他无法判断狼与他的距离,通过声音他知道狼离他已经很近,或许就在身后,他紧张得厉害。他生活的簸箕庄就在山的脚下,自从山上的植被受到保护后,就有了狼,甚至有狼在白天大摇大摆进过村庄,偷一只鸡或小狗。可那是在村子里,在白天。现在在丛林中,这里是狼的地盘,狼的村庄,他属于误闯者、冒犯者,是孤立的,是危险的。

狼盯着达理,它慢慢趴下了,小心翼翼,没有一丝声响。它用两只前爪垫着头,目不转睛地望着达理,就像一个淘气的孩子用手托着腮,凝望池塘里行走的鱼。

其实,这匹狼认识达理,它多次去过簸箕庄,它看到达理去池塘里提水,看到达理和他的父亲一起去田里劳作。在狼的眼里,达理是熟人,它没有伤害达理的意思。它不明白这个小伙子为什么会在这里,为什么蹲在那里一

动不动,它担心他是来伤害自己的人,这是自己的领地,它必须提高警惕。

漆黑的夜,茂盛的丛林中,面对一匹狼,没有声响比有声响更让人紧张。达理感觉自己快坚持不住了,他双腿发麻失去知觉,随时都有坐在地上的危险。他一只手提着裤子,另一只手托着地,他无法看到狼此时在干什么,他无法预料狼何时对他发动攻击,他感觉喉咙干得厉害,他想咳嗽,但不能。他使劲儿咽着口水,去湿润那仿佛就要冒烟的喉咙。

狼望着达理,它有足够的耐心,它无法明白这个小伙子要干什么,它看到他的手放在地上,它担心他的手里有东西,可以杀伤它的东西,它的毛发竖起,眼睛放大。曾经无数次面对奔跑的山羊,甚至野猪,它从来没有像今天这样紧张,它在想或许他不会伤害它,可又感觉不可能。狼很矛盾,如果现在扑过去,自己肯定会胜利,它不想那样干,如果小伙子没有伤害它的意思,它不愿意去伤害他,因为他不同于一只山羊。狼使劲盯着小伙子的眼睛,它想从他的眼神里发现些什么。

"一个人走夜路遇到狼,一定要镇定,要真诚,要让狼知道你是不会伤害它的,千万不可蛮干,否则吃亏的是人。"

达理想着父亲说过的话,他不知道此时该如何去表达真诚。他恐惧,累,腿酸痛,他流下了泪。

狼看到了他眼里滚落下的泪水,它抬起了头。它迅速回望了一下身后,有足够的退路,它想试探一下小伙子,它轻轻用一只前爪在地上划动落叶。

沙沙,沙沙……

达理听到身边传来声音,误认为狼开始对他攻击,眼前一黑,失去了知觉。

"扑通——"

狼被达理的倒下吓得呼地一下站起,毛发完全竖起,血液周身剧烈涌动,它做出了随时扑过去的准备。然而,倒下后的达理没有了动静。

狼再次安静下来,望着一动不动的达理,好久,好久。狼慢慢感觉眼前的小伙子不可能伤害它,它试探着起身,前行。他一动不动。

狼走到了小伙子身边,试探着伸出前爪碰了碰他,他依然一动不动。

会不会死了?难道是自己的举动吓死了他吗?狼似乎很忧伤。

狼凑近小伙子的鼻子,嗅到了他有微弱的呼吸,它伸出舌头舔他的脸,它希望他醒来,想起自己无数次进村庄,偷鸡吃狗,村庄里的人从没有伤害过它,今天小伙子来到了丛林,这是自己的地盘,它感觉自己怠慢了他,它舔着他的脸,越想越忧伤。

后来,狼紧贴着达理卧下了,因为山里的雾气开始湿漉漉地弥漫开来,它想为小伙子遮挡湿气,一直到鸟儿欢叫的清晨。

文化人老李

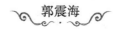

郭震海

小山村来了一位城里人。

城里人是个"驴友",来了就不走了。他租了刘东海家久无人住的老房子,买灶具,添床被,像村里人一样过起了烧火做饭的田园生活。

村里人说,这人有点儿意思,别人往城里走,去享福,他却往山旮旯里钻,来受罪。

他叫啥,村里人不晓得,只知道他姓李,有人叫他老李,也有人叫他李叔。不管如何称呼,他都笑笑,也不介意。

老李五十多岁的样子,不显老,白净的大脑门就如一面镜子,竟然没有一点褶皱,头上几缕头发总是梳理得很整齐。每天早上他伴着鸡鸣醒来,在湿漉漉的晨雾中打太极。

平日里如果没事,老李就去村委会找报纸读。村里的支书说:"村委会的报纸都让老李读了。"

别人就替老李反驳说:"你们这些当村干部的花钱订了报纸当废纸卖,就让人家这个大文化人读读也不可惜。"

村里有一所小学校,二十多个学生,原本有一位女老师,请了产假后,孩子们无法正常上课,村支书很发愁。有人就建议他去找老李,看看能否先帮忙做几个月的临时老师。村支书去说了,老李很爽快就答应了。

老李上课非常有特色,他往台上一坐,先用目光扫视一下全班的同学,清清嗓子就开始了:"大家安静,咱们现在开会,今天的主要议题是……"

据说,文化人老李能整整讲三个小时都不困,而且越讲越兴奋,越讲越来劲儿,同学们听得目瞪口呆,听得面面相觑,有的学生实在憋不住了,就举手怯生生说:"李老师,俺要尿尿。"老李这才想起,该下课了。

自从当了村里的临时老师,老李更有精神了,走路背着双手,脚步坚定而有力。他将学校进行了改革。学生喊他不能喊"老师"要喊"领导";他叫同学们不叫"同学",叫"同志";上课不再叫上课,叫"开会";下课不叫下课,叫"休会";放学不叫放学,叫"散会"。

后来,老李又将二十多个学生分成了三个科室,每个科室都安排了正副两个"干部"。在一次"开会"中,老李说:"同志们啊,我初来乍到,对大家也不是很了解,所以暂时先安排'干部',然后就看大家的表现做调整,我们就是要充分发扬民主,绝不暗箱操作,绝不照顾,绝不……"

他挥舞着大手,连续讲了五个"绝不"后,突然停了下来。经过一个多月的磨合,同学们知道此时"领导"要大家鼓掌了,于是,全班同学就很卖力地鼓掌,讲台上的老李露出满意的微笑,示意大家停下,然后接着"开会"。

一个个背着书包的小不点们开心极了,有的同学回家后,兴高采烈对父母说:"爹,娘,我当科长了。"父母先是一愣,然后也很开心,他们搞不明白"科长"属于啥干部,总之,儿子长出息了。

一次,老李在"开会"时,有同学提出"科长"属于啥干部? 老李说:"你们应该知道村支书吧。"同学们点头。老李说:"科长比村支书大。"同学们不明白,一个个摸着后脑勺,不知所措。又有学生提问:"我爹说,村支书下馆子吃饭,进城办事来回车票都可以报销,我们以后花钱能报销吗?"老李无语,停顿了一下才说:"我们暂时还没有经费,等有了就可以报销。""领导,啥是经费?"又有同学问。老李说:"经费就是办事用的费用。"

春去春来,转眼一年过去了,请产假的女老师正式上班了,老李该离开了。走的那天,他心情很低落,开了最后一个"会",讲了四个小时,同学们鼓了二十次掌,出校门的时候,同学们去送他,他回头说:"同志们,都回吧,希望你们好好努力!"

一辆小车荡起高高的尘土,向村里驶来。

村支书满村寻找老李,辛苦了一年,多多少少也该给人家点补助才对,这不声不响地结束很不地道。"老李——李老师——"村支书满村喊。

有村民告诉村支书,在村后面的山顶上看到了老李,他好像在上课。村支书满头大汗上到山顶,老李果然在那里,他正在激情演说:"同志们啊,我们的未来无比灿烂,我们的未来光辉一片,我们的未来红红火火……"

"老李,老李……"村支书喊。老李全然不知,他太投入了,投入到忘了这个世界,投入到忘了自己是谁。村支书看到在老李的脚下聚集着一堆蚂蚁,老李正在给这群蚂蚁"开会"。

小车进村了,从车里下来一位年轻人,找自己的父亲。好心的村民将他带到了山顶,年轻人一看到老李,喊了声:"爸——"

原来，老李在城里某局担任副局长，因为和另一个副局长竞争局长，两人进行了残酷的斗争，结果他输了，宣布新局长上任的当天，老李精神就失常了。

"啥，老李有精神病？这不可能的，老李可是大文化人啊。"村民很吃惊。

老李回城的时候，学生们去送他，他一个个交代："张科长，我提拔你当科长，是让你好好干的，你一定要记住啊！""王科长，你现在还是副科长，只要努力，一定能当上正科长。""刘科长……"小学生们一个个背着书包，流着鼻涕高喊："明白了，领导。"

"唉——"村支书叹了一口气说，"这是啥事儿啊，还是好好活着吧，官迷心窍真的很可怕。"接着他告诫村民："今后谁都不许提老李在咱们村当了一年老师。"

"为啥，在老李的教育下我儿子都当科长了，比你的官都大！"有村民说。

村支书没有吭声。

火山即将喷发

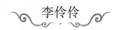

李伶伶

平镇远近闻名,因为它背靠火山。火山沉睡了上百年,上百年间从来没有喷发过,所以平镇人的生活一直很宁静。

这天下午,平镇发生了一件大事,镇长上小学一年级的儿子被绑架了。绑匪提出了一个很奇怪的要求,要求全镇人都到镇边的大榆树下聚齐,少一个人也不放人。镇长急得团团转,挨家挨户地恳求老百姓帮忙救他儿子。老百姓嘴上答应着,身子却没动,心想,镇长肯定得罪人了,要不然学校那么多孩子,为什么单绑他的孩子?镇长这些年也没为老百姓做什么实事,倒是经常看见他去大酒店小饭馆胡吃海喝,欠了一屁股债。老百姓对镇长很有意见,所以谁也不愿意帮他。

天黑了,只有镇长和他的家人来到镇边的榆树下。镇长跟绑匪说:"只要你们放了我儿子,要多少钱都行。"

绑匪没料到是这种结果,他们相互看了看,什么也没说,就把孩子放了。

镇长不相信地愣了一下,抱起孩子撒腿就跑,生怕绑匪改变主意。

镇长和他家人跑远后,陈博士和助手摘下了头套。

助手说:"我们上当了,报纸上说这个镇长为老百姓做了很多好事,深得老百姓的拥护和爱戴,看来完全不是这么回事。"

陈博士没有去想镇长的好坏，而是沉浸在对平镇人的担忧里。

陈博士在平镇火山考察多日，发现这座沉睡了上百年的火山出现了异常，多种迹象表明，火山将要喷发。他把这个消息告诉平镇人，没想到平镇人听后，竟把他赶出了平镇，说他造谣生事，企图破坏平镇人安逸的生活。

原来近二十年来，经常有专家来平镇火山考察研究，都说火山要喷发。开始平镇人很相信，急忙搬走撤离，可是过了很长时间也没见火山喷发，他们又陆续回来了。在外地生活也不那么容易，一切都得重新开始，还不如回来呢。可是回来后却发现，家里因为没人照看，能丢的东西都丢了，损失很严重。这样的情况发生了好几次，每次都是白折腾一场。后来平镇人再也不听专家的话了，不管他们言词怎样恳切，平镇人都不为所动，有点儿誓死不离的意思。

陈博士能理解平镇人的心情，但是这次火山要喷发是真的。他研究了一辈子火山，对火山喷发前的征兆很熟悉。火山喷发后，平镇肯定会消失，人们如果不走，就走不了了。他们又去找镇长，镇长也不相信，他们只好自己想办法。他们最先想到了办晚会。有个小女孩儿，母亲病重，没钱治病，他们想为她母亲搞个募捐晚会，于是在平镇大街小巷发传单，让大家到平镇郊区的礼堂给小女孩的母亲捐款。结果没有一个人去，因为平镇人觉得他们在骗人。助手想到了绑架，结果也失败了。

助手说："现在怎么办？"

陈博士说："继续想办法。"

这天刚过中午，还在午睡的平镇人被窗外的喇叭声吵醒了，出来一看，是方镇金店的宣传车吵了大伙儿的午觉。方镇金店举行店庆优惠活动，全场五折，仅限一天。有这样的好事？不会是假的吧？平镇人不太相信。虽然半信半疑，还是有一部分人跟着去了。方镇离得也不远，就当过去玩玩。再说方镇金店是百年老店，不会说假话卖假货。

平镇人来到方镇后，看到金店的折扣活动是真的，但是有条件，就是你必须在方镇住一晚,到第二天天黑后才能回家。平镇人不知道金店为啥提出这样奇怪的条件,可能是跟旅店有合作吧。又一想,住宿费也不贵,这买卖合算,就签了协议,并把这个好消息告知了平镇的亲朋好友。平镇人听到消息后蜂拥而来,方镇金店的门都被挤破了。

看到平镇人终于离开了平镇,陈博士紧锁的眉头终于舒展开了。他让助手找辆车,把平镇没出来的老弱病残都接了过来,就说金店请他们吃晚餐。

晚饭后,陈博士没有休息,跟助手一起来到了楼顶,用望远镜望着平镇火山的方向。

助手说:"您确定明天天黑前火山一定喷发?要是不喷发,咱们就白忙了,平镇人肯定不会在这儿多待一分钟。"

陈博士点点头说:"这次不会错。也许今天晚上就会喷发。"

助手说:"但愿吧,要不然金店也白搭了那么多金子。对了,您跟金店老板啥交情啊,他肯这么帮您?"

陈博士笑笑,没回答。

陈博士的预测很准,平镇火山在那天晚上——确切地说是凌晨一点三

十四分喷发了,巨大的火山熔岩喷涌而出,瞬间淹没了整个平镇。平镇像当年的庞贝古城一样,在地球表面消失了。庆幸的是平镇人离开了平镇,平镇是个空镇。

可是第二天,陈博士得到的消息跟他想的完全相反,整个平镇人都被埋在了火山的熔岩里。

陈博士万分惊讶,说:"不是都出来了吗? 怎么被埋的?"

方镇人说:"平镇人不遵守协议,他们买完金子后,趁天黑,又悄悄溜回了平镇。"

陈博士说:"那些老弱病残也都回去了?"

方镇人说:"除了一个老人睡着了,他儿子没忍心叫醒他,跟他一起留了下来,其他的都被他们家人接回去了,怕在这里出什么意外。"

陈博士听后,呆怔半天,说不出话来。

哲学家

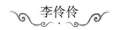

李伶伶

哲学家去雪城旅游,赶上雪城打仗缺人,被抓了壮丁。哲学家不会打仗,第一天上战场就被对方抓获,成了俘虏。

抓获哲学家的是雨城的军队。雨城军队对待俘虏的政策只有一个,就是砍头。不管俘虏们怎么哀求挣扎,都会被推上断头台,砍掉脑袋。

哲学家也被推上了断头台,他没有哀求,也没有挣扎,而是直视着刀斧手的眼睛,语气平和地说:"是你要杀我吗?"

刀斧手愣了一下,说:"是。"

哲学家说:"你为什么要杀我?我得罪过你吗?"

刀斧手说:"没有。"

哲学家说:"那我的父母得罪过你吗?"

刀斧手说:"没有。"

哲学家说:"我的兄弟姐妹得罪过你吗?"

刀斧手说:"也没有。"

哲学家说:"那你为什么要杀我?我们之间没有任何冤仇,你为什么要杀我?"

刀斧手杀过无数俘虏,从来没被人这样问过,他心里有点儿慌,手也有

点儿抖,斧头都拿不住了,咣当一声掉在了地上。

刀斧手的长官见他迟迟不动手,走过来问他怎么回事。

刀斧手颤抖着声音说:"我,我下不了手。"说完慌张地跑开了。

刀斧手的长官捡起地上的斧头,问哲学家:"他为什么不敢杀你?"

哲学家说:"因为我和他之间没有任何冤仇。"

长官说:"没有冤仇就不杀吗? 真是笑话!"

哲学家说:"我为什么要被杀?"

长官说:"因为你是俘虏。"

哲学家说:"我是俘虏就该死吗?"

长官说:"对,俘虏必须死,这是上级的命令。"

哲学家说:"上级是谁? 上级的命令就是对的吗?"

长官愣了一下,说:"不知道,我没有怀疑过。"

哲学家说:"你为什么不怀疑? 在哲学的范畴里,没有什么是绝对正确的。你觉得我该死,可是我觉得自己很冤枉。我是个哲学家,从虹城来到雪城旅游,被抓了壮丁,送到了战场。我不会开枪,所以成了你们的俘虏。你杀掉一个这样的我,你心里会安宁吗?"

长官没说话。

哲学家说:"大多数俘虏的遭遇跟我差不多,他们无缘无故地被砍了脑袋,你不觉得他们很冤枉吗?"

长官不知道怎样回答,也不知道怎样处理哲学家,就把他交给了自己的上级。

上级面对哲学家的追问,也不知道怎么回答,最后把他还给了雪城军队。

雪城军队的司令看到哲学家平安归

来,没有高兴,反而皱起了眉。他们怀疑哲学家是间谍。因为历次打仗,俘虏从来都是被砍头,从来没被送回来过。做间谍的结果只有一个,就是死,哲学家又被推上了雪城的断头台。

哲学家说:"我不是间谍。"

雪城司令说:"那他们为什么会放了你?"

哲学家说:"因为我跟他们没有冤仇。"

雪城司令说:"没有冤仇他们就放了你? 这不是过家家,是在打仗!"

哲学家说:"为什么要打仗?"

雪城司令说:"这不是我该思考的事。"

哲学家说:"你为什么不思考? 你不知道是打仗就会有牺牲吗? 牺牲的是谁? 是那些普通的士兵。他们有什么罪过吗? 没有。可是你们为什么要牺牲他们的生命去换取胜利呢? 当你的双手沾满无数无辜人的鲜血,你真的能安心地睡觉吗?"

雪城司令听不下去了,命令手下把哲学家的头砍下来。手下不砍,要求司令放了哲学家。司令不放,士兵们就在台下一起振臂高呼。

雪城司令无奈地说:"我也不想打仗,这是国家的命令,我只是执行。"

哲学家说:"国家为什么打仗?"

司令说:"这事你得去问城长。"

哲学家说:"城长在哪儿,带我去见他。"

司令站着不动。台下的士兵又一起呼喊,司令只好带他走了。

哲学家见到雪城城长,问他:"为什么要发动战争?"

雪城城长说:"我没有发动战争,我只是在还击。雨城人攻击我,我能不还击吗?"

哲学家说:"雨城人为什么要攻击你?"

雪城城长说:"可能是想证明他们的军队更强大吧。"

哲学家说:"如果他们能停止攻击,你们也能停止吗?"

雪城城长说:"当然能。"

哲学家再次来到雨城,见到了雨城城长。

哲学家几次死里逃生,名声大震。

雨城城长说:"你就是那个大名鼎鼎的哲学家?听说你是来劝我停止战争的?"

哲学家说:"是。"

雨城城长轻蔑地笑了一下,说:"我凭什么听你的话?"

哲学家说:"我不是要你听我的话,而是要你从士兵的立场出发去思考问题。你的军队很强大,但是你没有必要用战争的方式去证明。"

雨城城长说:"谁说我是为这个打仗的?雪城城长吗?"

哲学家说:"是。"

雨城城长气得在地上走来走去,说:"这个骗子!窃贼!他偷了我一把名贵的茶壶,我要了好几次他都不还!"

哲学家很意外,说:"你就是因为这个发动战争的?"

雨城城长说:"我就是想让他知道,我不是那么好欺负的!"

哲学家觉得不可思议,说:"一把茶壶再名贵,有士兵的生命贵吗?你知道这场战争一共死了多少士兵吗?如果他们都是你的孩子,你心里不会疼痛吗?用这么多士兵的生命去换回一把茶壶,你不觉得这个代价太大了吗?"

哲学家的话让雨城城长无言以对,他停住脚步,沉思半天后说:"你说得有点儿道理,我是不该一气之下发动战争。"

雨城军队停止攻击后,雪城军队也停止了还击,一场战争就这样被化解了。哲学家成了雪城的功臣,受到了贵宾级的待遇。连日的奔波使得哲学家疲惫不堪,雪城城长安排他到雪城最好的宾馆休息去了。

就在哲学家沉在睡梦中的时候,雪城的城门被虹城的大炮炸开了。虹城城长听说了哲学家的事,要把他接回虹城。雪城城长不同意,虹城就对雪城发动了战争。

被情伤过的女人

夏 阳

父亲带山西坏女人回来那年,我十二岁。

父亲是一匹健壮的烈马,却疲惫不堪。多年以后,我在内蒙古一家报社做记者,有一次在科尔沁大草原上,骑着一匹从牧民家里借来的老马去另一处采访,一路上,那瘦弱的老马总是跑不了十几里路便折回去,任由我抽打。就在那时,我突然读懂了父亲的一生:无论走了多远,走了多久,却始终无法挣脱故乡的纠葛。

父亲那次回来,似乎想改变什么。一顿鸡飞狗跳之后,他还是黯然地走了,带着那个山西坏女人。在以后漫长的岁月里,父亲对于我们来说,依然是一年两次的汇款单,冷冰冰地从遥远的陌生的山西地质勘探队寄来,似乎他从未回来过。

多年以后,他还是回来了,六十岁不到,却苍老得不成人样,走路弯着腰,没走几步,便喘得不行,脸色蜡黄,汗如雨下。对于他的归来,我们兄妹三人没有任何欣喜,反而难堪。如果不是看在他老得只剩下一把骨头的份上,我真想喂他一顿拳脚。唉,作为儿女,我们早就没有了父亲,对他只有刻骨的恨。

村里人对此津津乐道,很快就演绎成了教育年轻人的活教材:"你看看

人家,在外捞世界,浪荡了一辈子,不也照样乖乖地回来了吗?还是老话说得好,浪子回头金不换,趁早收心吧!"

母亲听了,摇摇头,苦涩地说:"换个鬼,活不过几天了。"

说完,她继续煎药熬汤,端茶送水,到处寻医问诊,把不少医生请到家里来。就像收留一个不懂事的孩子一样,母亲悉心照顾着苟延残喘的父亲。这一切让我觉得,似乎父亲从未离开过这个家半步。

也许是长年野外作业的缘故,或者用母亲的话来说,是身子骨早被那山西坏女人折腾坏了,父亲在家里耗了半年,便死了。父亲的死,让我们村庄乃至方圆十里八里的乡民为之沸腾,他们指指点点,议论纷纷。因为,大家都看到了戏剧性的一幕,那个山西女人拉扯着两个十几岁的孩子回来奔丧。无疑,那两个孩子是我同父异母的弟和妹。我们原本以为父亲是被那女人抛弃了,走投无路才回到我们身边,不料他却在那边组建了家庭。这个消息确实来得太突然了,让母亲愣了好一阵子。待她缓过神来后,立马命令娘家的几个兄弟先在村口截住那山西女人,说先谈判,谈好了再进村。

谈判,是在村口的老樟树下,除了两个女人相对而坐,中间还有族长,类似弈棋的场景。

山西女人从口袋里掏出一个红本本,对族长说:"这是我和老陈(指我父亲)的结婚证。"

族长接过来看了看,为难地递给母亲。

母亲摆了摆手,说:"不用看,我们这里不认这个,我们只相信眼睛,瞎子都知道,我是他老婆。"

母亲又说:"我老公跟了你这么多年,六十岁不到就死了,有你这样伺候男人的吗?"

山西女人红着眼圈说:"老陈是累死的,他一直在为两个家劳碌,除了地质队的正式工作外,他还经常去小煤窑打零工。他常说,不多做点儿事,老家那头吃啥呢?"

母亲听了，没有说话，她的目光停在远处，过了许久，鼻翼翕动，带着哭腔恶狠狠地骂道："自作自受，活该！"

最终，母亲提出了两个条件：一是可以参加葬礼，但不准进祠堂、不准上族谱；二是可以披麻戴孝，当亲戚一样，但名字不准上墓碑。

山西女人为难地说："我们是有单位的人，进不进祠堂、上不上族谱，我不在乎，但终究我跟了老陈这么多年，还有俩孩子，墓碑还是要刻名字的。"

母亲冷笑道："怎么刻？我是大老婆，你是二老婆？我们这代人可以不要脸，儿孙呢？"

山西女人不吱声了。

母亲又说："人，让给了你，但名分不能让，这个没有商量的余地，我们乡下，就指望这个活着。"

山西女人默默地看着母亲，看了一会儿，点点头。

忙完父亲的丧事，母亲大病了一场。

一个月以后，看到母亲身体略有好转，我便把她接到东莞来调养。也许是离开了老家那个舆论中心，母亲很快就痊愈了。闲暇时，她喜欢在花园里走走，有时晚上还去广场上和一帮老年人跳舞，日子过得挺惬意的。时间久了，对周边环境熟悉了，她还喜欢去对门串门，跟人家学十字绣，聊天儿。我所住的楼房是一梯两户，对门是一个漂亮的四川女人，三十岁出头，整天一个人猫在家里。四川女人也有老公，也有小孩儿，只不过老公有些老，很少回家，而小孩儿吃住在贵族学校。母亲毕竟是乡下来的，不明就里，天天往对门跑，还时不时地送点儿自己做的家乡小吃过去。

有一天，妻子看见母亲端碗饺子要出门，一脸的不高兴，拦住母亲说："您别去了，您还真以为对门是什么好货呀，她是别人包养的二奶。"

母亲诧异地问："什么是包养的二奶？"

妻子撇着嘴说："她老公是本地的有钱佬儿，早就有家庭了。"

"啊？"母亲忙踅回身，一边关上防盗门，一边朝对门啐了一口，"呸！"

从此,她再也没有进过对门,即使偶尔在电梯里相遇,也是一脸的冷若冰霜。

转眼,便是除夕。因为母亲来了,今年和往年不太一样,我们兄妹三个小家庭特意聚合成一个大家庭,十几口人围坐在饭桌前,热气腾腾,欢声笑语,一块儿陪母亲过年。

开始,母亲还挺高兴的,有说有笑,后来似乎有些心事,话越来越少,吃到中途,干脆把筷子放下,坐在那里发呆。

我们都以为她是在这大团圆的除夕之夜想起了父亲,就像往年一样,一边吃一边抹眼泪。没想到,她看了看我妻子,犹犹豫豫地说:"我们能不能挤一挤,让个座儿出来,我想请对门的母子一起过来团圆,他们家,他们家怪冷清的。"

约定

夏阳

午夜时分,男人从夜总会出来,车头一拐,一如既往地驶上了西环路。和以前不同的是,男人这次心情不太好,而夜空中正恰如其分地下着雨。雨,不是酣畅淋漓的瓢泼倾盆,而是细细密密,牛毛一般缠绵在两行灯柱里,让男人坐在车里愈发感到孤独。四野里黑魆魆的,不到三公里长的西环路,男人第一次感到如此漫长。

西环路的末端,一个大拐弯儿后,便是宽阔的港口大道,再稍远点儿,还有一个灯火通明的加油站。路,男人熟着呢。男人在大拐弯时,视野一调换,突然发现前方不远处的路边,孤零零地竖着一个灯箱。男人心里一动,不由减缓了车速,隔着玻璃对车外瞅了好几眼。细雨,像蚊虫一样围绕着灯箱上下纷飞。尽管灯箱有些简陋,上面"香香土菜馆"的字样也是土里土气的,但在一团漆黑如墨的郊外,在这样细雨惆怅的午夜时分,对于一个醒着数伤痕的异乡人,那橘黄色的灯光,是那般的耀眼,那般的温情,宛如茫茫大海里的灯塔。男人的心里暖暖的,眼睛有些湿了。

第二天天黑时分,男人推掉一切饭局,独自去了昨晚所看到的那家土菜馆。走近那个灯箱时,男人犹豫了一下,将自己扎眼的豪车停在路边,步行了几十米走进去。男人所看到的景象,和想象中的有天壤之别。几间低矮的平房,一个偌大的农家院子坑坑洼洼,冷冷清清,一个扎马尾辫的女人坐在院子里看电视,一部香港无厘头的喜剧片,让她笑得前俯后仰、旁若无人。

女人见男人进来,起身招呼道:"师傅,吃饭哩?"

"师傅?"男人怔了一下,"唔"了一声。

"你想吃什么?"女人问。

"你有什么?"男人挠了挠头,反问道。

"什么都有呀。"

"那你看着办,随便炒点什么吧。"男人有些茫然无措,对眼前的一切显得很不适应。

女人笑了,露出一口洁白的牙齿。

男人也跟着傻笑起来。

不一会儿,女人很干练地端上来一小盘豆干炒猪耳朵,外加一碗白饭。男人犹豫了一下,欲言又止,拿起筷子吃了起来。女人坐在一旁,继续看她的喜剧片,偶尔笑眯眯地看一眼男人。菜鲜辣油厚,适合佐饭,是久违的儿时的味道,故乡的味道。男人有滋有味地吃着,偶尔也抬头看女人,发现女人的眼神中漾着一种慈爱,母亲一样亲切。男人感觉回到了读书的年代,周末从学校回家,坐在饭桌前大快朵颐时,母亲就是这般看着他。

男人禁不住拐着弯子问女人:"你今年三十几啦?"

女人听了直笑,笑得无拘无束。女人说:"三十几? 下辈子啰。我今年四十二,都做奶奶了。"

男人心里咯噔一下,也不好意思地笑了。男人今年也是四十二岁。男人内心涌出无限酸楚,都是同龄人,人家却儿孙满堂。男人又颇为尴尬地自我安慰,乡下都这样,结婚早呢。

男人吃完饭,没有立即走的意思,女人便给他添了杯茶。男人点燃一支烟,吸了两口,吞云吐雾间,体味到了这茶余饭后的惬意。甚至,男人俨然男主人一样,觉得守着这样一个开朗淳朴的女人,守着这满天繁星下的农家小

心灵·春天送你一首诗

院,是一种理想的悠然生活,赛过任何风花雪月。

男人问女人:"你老公呢?"

女人说:"我老公开出租车,正当班呢。"

男人又问:"你生意这么冷清,为什么不做好一些?"

女人奇怪地看了男人一眼,反问道:"怎么个做好法?"

男人放眼四周,望了一阵,说:"你这地方虽然有些偏僻,但可以发挥偏僻的优势,专门做有特色的农家饭,吸引城里人吃个新奇。这里不用什么高档装修,越土气越好,从老家请一帮老厨倌儿来,就是乡下做红白喜事的那种厨师,大部分菜从老家用汽车捎运过来,图的就是原汁原味。"男人为了加强说服力,不好意思地说,"南城有一家就是这样经营的,生意特火爆。"

女人好像不太感兴趣,说:"我们哪来这么多钱投资?"

男人说:"钱不是问题,我可以借给你们,入股也行。"

女人还是摇了摇头,说:"钱是赚不完的,我这个年纪了,守着老公过日子,平平安安,比什么都强。"

男人惊讶地望着女人。女人尽管有些鱼尾纹了,但扎着个马尾辫,一脸盈盈的笑意,在灯光下显得愈发俏丽年轻。

女人又说:"其实我这里生意也挺好的。我主要是做出租车司机的生意,深夜很多司机来前面的加油站加油,习惯来我这里吃个夜宵,经常忙不过来呢。他们都是我老公的兄弟,每天早上出车前,喜欢来我这里吃米粉。我的米粉是从老家带来的,正宗的常德米粉,可好吃呢。我一个女人家,每个月能够挣个三五千块钱,虽然辛苦一些,但已经心满意足了。"

男人眼睛一亮,问:"你这里有正宗的常德米粉?多少钱一碗?"

女人说:"五块,加肉六块,司机们说味道好着呢。"

男人说:"那明早我来尝尝。"

女人说:"好,一言为定。"

男人离开时,坐在车里,望着满天的繁星以及繁星下那个静谧的小院,还有那个竖在路边的温暖的灯箱,默默地抽了两支烟。

男人回到家,一开门,小情人娇滴滴地扑了上来,抱着他说:"老公,美容院的贵宾卡要续钱了,你得给我一万块。"

男人望着浓妆艳抹得像妖精一样的小情人,勃然大怒,恶狠狠地骂道:"一天到晚就知道钱钱钱,你烦不烦?"

男人骂完,一把推开小情人,怒气冲冲地把自己关在书房里,蒙头大睡。

午夜时分,男人醒了,躺在简易的沙发床上,双手枕头,禁不住想,再过几个小时,就可以吃上正宗的常德米粉,多一块钱,还可以加肉。想到这里,男人轻轻地笑了。那笑声在夜的深处,熠熠闪光。

城市上空的麦田

韦如辉

楼越长越高,到二十一层,父亲发现了那块麦田。

远远望去,虽然只有一片模糊的绿色,但是一生跟土地打交道的父亲,一眼断定那是一块麦田。

这边,是一栋栋高楼,像排兵布阵荷枪实弹的士兵,一步步向麦田逼近。那边,是一条繁忙的公路,车来车往,如一把把锋利的剪刀,将与麦田接近的土地一日不停地裁来裁去。更远处,是一条湍急的河流,清清亮亮的河水,带子一样飘向远方。

父亲的心里痒得难受,好像胸口藏有无数根麦芒。父亲惊喜——有麦田,奇了怪了。

父亲干活儿的手脚不再干净利落,他的心思飞了,飞到了千里之外的故乡。

故乡在一望无际的淮北平原,有属于父亲的麦田。那些苗壮的麦子,从冬天的怀抱里挣脱出来,在肥沃的土地上,撒着欢儿奔向天空的太阳。父亲从早到晚,在麦田里劳作。播种、施肥、除草、捉虫、收割。一道道固定的耕作工序,随着节气的变换,被父亲做得充实,充满着人间烟火的气息。

父亲心里痒得难受,痒得痛苦。父亲心里知道,自己想去看望近在眼前

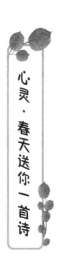

的那块麦田。父亲装腔作势,对着明亮的天空说肚子疼,然后双手捂住肚子,弯腰钻下楼梯。

父亲表面上自言自语,其实是想让工友们听到。在轰轰隆隆的机器声中,工友们的手脚不停地忙活,骨骼发出咯吱咯吱的声音,对于父亲的话,他们也许根本没有听到。

父亲一步三回头地走向麦田。父亲生怕这会儿有人喊他,或者问他要多长时间才能回来干活。可是,他的担心顾虑仿佛是多余的。那栋渐入云端的高楼里,除了机器的轰鸣,还是机器的轰鸣。

果然是一块麦田。父亲的眼睛里,随着呼吸的急促大放光彩。正是小麦扬花的季节,空气中飘荡着麦子灌浆的清香。一块撒种的麦田,让父亲走进它十分困难。父亲小心翼翼,双手不停地拨来拨去,脚步亦步亦趋。父亲想,这时的麦子,脆得很哩,经不住倒,倒了,麦子就瘪了。然而,工地上粗手粗脚的他,还是踩倒一棵麦子。他唏嘘不已,似乎犯下弥天大罪,心中隐隐作痛。

麦叶上挂着露珠,一会儿便弄湿他半截腿。凉飕飕的,冷冰冰的,心里疼痛的伤口似乎被敷上云南白药,痛快的感觉从脚底涌到头顶,特别特别舒服。这些黑白天交接的精灵,带着麦子的气味儿,通过衣服,渗透到父亲的身体,随着血液不停地流淌,他感到前所未有的轻松。

父亲发现一株草,一株在家乡叫拉拉秧的草。这种草的生命力极强,只要有雨水,它们就会顺着麦根,扯上半块地。父亲在心里埋怨麦田的主人,大意了吧,这种草必须及时除掉,否则,受伤的不仅是麦子,还有你这大意的主人。父亲顺着秧苗,找到根部,使出浑身的劲儿,将它拔出来。父亲用力过猛,拉拉秧连根拔起,自己却跌坐在麦地上,一丛麦子也跌坐在麦地上。父亲突然后悔自己来到这块麦地,伤害了这块麦地。

想起拔草的日子,父亲就想起我们。那时,父亲带着我们下地拔草。父亲说:"拔吧拔吧,到秋蒸白面馍吃。"我们拔草的热情空前高涨。俯下身子,

我们的眼里,除了杂草和麦子,便是刚刚出锅、热气腾腾的白面馍。

父亲坐在麦地里,不由自主地潸然泪下。当年跟在他屁股后头拔草的我们,已在不同城市不同工地上生根发芽。

父亲站起来,背着手,看着满眼的麦子。仿佛那些在风中摇晃的麦子,就是他各奔东西的孩子。如今,孩子们就在眼前,就缠绕在他的膝下。他在心里高声大喊,孩子们好!

父亲回到工地,上到二十一层,迎面撞上张明。张明目光犀利地盯住他:"老冯,到哪里去了?"父亲下意识地后退一步,一个趔趄,后脚差点儿踩空。

吃过晚饭洗过澡,工友们三三两两地上街了。父亲赖着不走,也不洗澡。

父亲独自上到二十一层高楼,躺倒在一块平整的楼面上,残存在他身体里的麦叶清香弥漫开来。

父亲想,楼上也可以长麦子。

烟　事

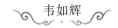

韦如辉

　　老人一生喜烟，喜旱烟。纸卷的喇叭筒，吸起来带劲，过瘾，解馋。

　　老人曾是十里八乡赫赫有名的种烟能手，披过红，戴过花，领过奖。还上过两次讲台，有一搭没一搭地跟乡亲们唠叨过所谓的种烟经验。老人靠一手过硬的种烟技术，率先脱贫致富，率先翻盖新房，顺风顺水地送儿子读完大学。

　　老人吸烟最凶的时候，儿子尚小。老人故意将喇叭筒塞到儿子嘴里，儿子泪眼翻飞，哇哇大哭。老人笑，居然也泪眼翻飞。

　　儿子参加工作，当上干部，学会了吸纸烟。

　　为了吸烟，小两口闹别扭。儿媳妇一路吵吵嚷嚷，将别扭闹到老人那儿。

　　浓重的烟雾笼罩着老人。老人沉默地吐着烟，突然吐出一句话："男人哪有不吸烟的！"

　　老人一句话，弄得儿媳妇歪鼻子瞪眼睛，从此很少上门。

　　清明节，儿子回老家祭祖。儿子递给老人一根纸烟，老人不接。

　　老人说："没劲儿。"

　　儿子不解地说："中华牌的，六七十块钱一包哩。"

老人稀里糊涂地接了，却没点火。

老人在心里默默合计，乖乖，一根烟三块多钱，啥味儿？老人放在鼻子上闻了闻，小心翼翼地夹在耳朵上。

老人没头没脚地问："经常吸？"

儿子微笑着，露出微黄的牙齿。浓重的烟雾里，老人突然一脸严肃。

谷雨过后，老人带上铁锹和烟种上了山。原来的烟地都被征用了，都被一排排高楼和厂房吞到肚里了。老人想起涡河边的那座土山。土山的树行里还有一些荒地，老人要种烟。

经过一场雨又一场雨，老人的烟苗一天天茁壮成长。闲暇之际，老人就往山上跑，捉虫、掐尖、打杈、追肥，每一道工序老人都做得准确到位、干净利索。秋后，老人收获了不少烟叶。经过晾晒，老人的烟叶黄中透亮、涩中溢香。老人精选了一些上品烟叶给儿子送去。

临走之前，老人一再交代儿子："吸老子种的烟，地道。那纸烟就别吸了，贵，咱吸不起。"

过了一段日子，儿子打来电话问："爸，家里还有旱烟吗？"

老人疑惑："上次那些吸完了？"

儿子笑嘻嘻地告诉老人："爸种的烟叶真好，纯正、地道、有味儿、带劲。"

老人高兴，打心眼里高兴。儿子还是农村人，没忘本。可话出了口却变了样，老人说："再好也莫贪。"

后来，老人接二连三地给儿子送去烟。

次年开春，老人早早上了山。老人觉得，那块开垦出来的地块太小，长出的烟太少。老人想再整出一块闲地,多种些烟。再说了,春烟要比夏烟强,生长期和日照时间长,味儿足。

风清气爽的日子,老人总是穿着厚衣服上山,光着膀子下山。尽管腰酸腿疼,但是老人有使不完的劲,流不尽的汗。秋后,老人收获许多上好的烟叶。

老人没空往儿子家送烟时,儿子会开车回来拿。儿子说:"您老种的烟叶味儿真足。"

有一天,儿媳妇给老人打来电话说:"不好了,出大事了。"

老人顾不得吸一口卷好的喇叭筒,就急忙进城了。

儿子已经进去了。儿子收了不少的好烟名烟,有的来不及吸都变质发霉了。纪委来的三个人,装着这些发霉的烟,头上流出了汗。

老人迷惑:"我给他的那些烟呢?"

儿媳妇哭哭啼啼地说:"他哪里吸过您的一口烟!"

"那些烟呢? 到哪里去了?"老人焦急地问。

"他有一位老领导,特别能吸烟,而且只吸旱烟。你的烟,全送给他的老领导了。"媳妇说,"他能有今天,全指望老领导。"

老人如一摊泥,软在地上。

老人戒了烟,从此再不种烟。

铃铛铃铛我爱你

非 鱼

我花了很长时间才找到铃铛。

铃铛缩在沙发的一角,低着头,紫红色的长发遮住了脸,瘦小的身体不停地发抖。我问她:"是不是空调温度太低了?"她摇摇头。

我告诉她,我一个月前去看过她妈妈。她抬起头:"阿姨,我妈妈会判死刑吗?"我说:"不知道。应该不会。"她又低下了头。

采访过牛喜花以后,我就一直在找她。

我不知道,一个十六岁的女孩,会有怎样的心理,答应爸爸去歌厅唱歌,让她妈妈牛喜花寄托在她身上的希望破灭,因而杀死她的爸爸。如果说去歌厅唱歌是因为喜欢,或者是因为每个晚上的一百块钱,还勉强可以理解,可牛喜花出事后,她一次也没有去看过,这一点绝对不可原谅。

现在,铃铛就在我面前。

无论是站在女人的角度还是母亲的角度,我都有理由说服她去看看牛喜花,去承担因为自己的错误选择而带来的后果。但任凭我如何劝说、质疑,甚至恐吓,铃铛都一言不发,她的身体瑟缩着,我看不到她的表情。

如果这是我的孩子,我会走过去给她一巴掌,或者拉起她的头发,让她看着我的眼睛,回答我的问题。很明显,她被牛喜花惯坏了,既不知道感恩,也没有责任感。

我对铃铛说："好吧,我走了,你好自为之。不管牛喜花如何判刑,我都会去看她,但不会告诉她我见过你。"

铃铛终于第二次抬起头,一双大眼睛里满是惊恐,看着我,还是没有说话。

我完成了关于牛喜花案子的稿子,想把精力集中到下一个报道的时候,才发现脑子里已经满是牛喜花额头上的疤痕,还有铃铛眼睛里的惊恐,挥之不去。

我选择了晚上来找铃铛。

歌厅里充斥着难闻的酒气和暧昧的气氛,人头攒动,我在一个角落里静静地等。

铃铛出来了,她被称作"碧儿"。牛喜花说过,这是她爸爸和那些不要脸的女人给她起的。她穿了一件很短的吊带裙,画着厚厚的浓妆,头上戴着蓝色的假发。但一开口,声音却清澈如水,空灵唯美。一些人吹起口哨,轻佻地冲她喊叫。铃铛似乎充耳不闻,静静地唱着。

我突然有些心疼,她才十六岁,还是个孩子。

那个晚上,铃铛唱了五首歌。当她下台的时候,我跟了过去。

在休息室,她摘掉假发,洗干净脸,换上自己的 T 恤和牛仔裤。我说:"瞧,这样多好。"她看了看镜子里的自己,没有回答。我对她说天太晚了,可以送她回去。她看起来有些紧张,摆着手说:"不用了,不用了。"

她似乎在掩饰什么,这更让我决定必须送她回去。铃铛狠狠地咬着自己的嘴唇,最后说:"好吧。"

我们在深夜的大街上穿行。有醉酒的男人抱着树推心置腹,孤独的女人边走边哭,飙车的青年骑着摩托车呼啸而过,摆夜市的小贩守着一盏昏黄的灯。铃铛还是不说话,我想拉着她的手,她躲开了。

铃铛住的地方在一条很窄的胡同里,楼房矮小破旧。我以为是她租的

心灵·春天送你一首诗

069

房子,可一打开门,我就从屋里的摆设发现,这是牛喜花之前的家,也就是牛喜花杀死铃铛爸爸的地方。我不寒而栗。

铃铛似乎看出了我的害怕,她把一间屋子的门拉上,给我倒了一杯水。

我问她:"为什么又回来住了?"我知道她爸爸让她去歌厅唱歌后,牛喜花就不让她回家了。

她小声说:"我等妈妈。"

我急忙问:"那为什么不去看她?"

她说:"我不敢。"

凭着一名记者多年的采访经验,我明白铃铛这时也许可以敞开心扉。

果然,在我的追问下,铃铛说:"我没有不要妈妈。我实在不忍心看她为了我那么辛苦。我学唱歌,一个月要四百块钱,都是我妈妈东拼西凑才交上的。妈妈说不让我操心学费,她有办法。她能有什么办法?她一个月才六百块钱的下岗补助,她偷偷去当保洁,给人家刷厕所,去干护工,伺候病人,捡废纸瓶子,我都知道。我爸不但不给家里拿钱,还跟我妈要,不给就打她。"

我以为铃铛会哭,但我发现没有,她静静地说着,就好像在讲述别人的故事。

"你明知道你是你妈的命,她希望你能考音乐学院,你为什么还跟你爸走,去歌厅唱歌?"我问她。

铃铛说:"我最后一次上课的时候,老师说要涨学费,每个月六百元。说别人早涨了,看我家困难,才最后一个涨的。我求老师,说我可以每次少上半小时,但别涨学费,老师说不行。我不敢告诉妈妈,也不敢说不上课,我知道如果告诉她,她就算砸锅卖铁也要给我交学费,那样会要了她的命。可我还有三年才能高考,正好爸爸又说让我去歌厅唱歌,一晚上就有一百块钱,我答应了。我不想让妈妈那么辛苦,想尽快赚钱,带她离开爸爸。我没想到……"

沉默了许久，我问她："你恨妈妈杀死爸爸吗?"

铃铛说："我不知道。爸爸做得也不对。"

我离开的时候，说："让阿姨抱抱。"铃铛迟疑了一下，还是伸出了双手。

我把铃铛瘦小的身体搂在怀里，轻轻地拍着她的背，试图给她一点儿温暖和力量。

那一刻，我多希望她能够放声大哭，说她想妈妈，说她害怕。但她没有。

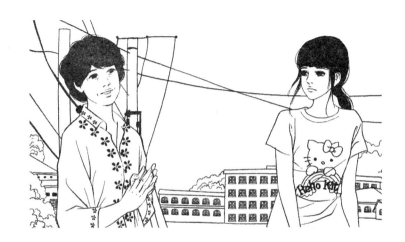

春天送你一首诗

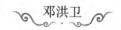

邓洪卫

　　春天送你一首诗,送来送去到盐城。市作协秘书长小张打来电话:"'春天送你一首诗'大型诗会,明天下午三点在师范学院举行,你带你们县的几个作家来凑凑热闹。"我说:"好的。"

　　我打算带三个人去凑热闹。写诗的老麻,写诗也写散文的小鱼,还有曾写过通讯、现在什么也不写的款爷大杜。

　　老麻和大杜,都是很熟的朋友,只有小鱼还不曾见过面。

　　我分别给他们打了电话,他们就给我三个回答。

　　老麻用他很费舌头的口音说:"有女作者去吗?有,好,去。"

　　小鱼怯怯地说:"我能去吗?噢,行,那么,我先从我们乡坐公共汽车,到梅花乡的国道边上等你们。"

　　小鱼是桃花乡中学的老师。桃花乡是我们县最偏的一个乡,离梅花乡的国道有一百多里。

　　大杜用他宽大的嗓门说:"太开心啦,我开车带你们去!"

　　次日上午十点,大杜开车来了,他还带来一个女孩儿。二十来岁,瘦瘦的,没怎么长开,皮肤有点儿黑,但挺活泼的。

　　大杜介绍:"我朋友,海子。"

我问:"写诗吗?"

"不写,还小。"大杜含含糊糊地说。

我笑了:"诗人的名字。"

海子也笑了:"哪有诗人叫这名的,太土了吧。"

海子又补充说:"我在海边长大的,所以叫海子。"

怪不得又黑又瘦呢,海风吹的。

一会儿,老麻来了,我们立即出发。车到梅花乡路口,一个二十岁出头的女子正站在路边树下,向这边张望,我拿不准她是不是小鱼。老麻拿本《诗刊》在窗口晃晃,那女子一声不响地上了车。

车上高速。大杜和海子打情骂俏,很刺激;老麻和小鱼谈论诗歌,很催眠;我眯着眼睛假寐,很孤独。

在我们这个县城不大的文学圈子里,我、老麻和小鱼,还是有点儿名气的。我在县报社上班,发过几篇小说,是县作协的牵头人。

老麻住在海边,他的诗里总是海呀盐的,味道有点儿咸。跟小鱼虽是初次见面,但我经常编辑她的散文。有时,会被她的散文莫名其妙地打动。

再说一说大杜,他本是县某单位的通讯员,我常帮他在县报上发些小通讯,让他完成单位宣传任务。后来,他辞了工作开了一家公司,运作良好,有点儿款爷的意思了。

他富裕了,却没忘我的"提携之恩",经常在我们报纸上做个半版广告来帮助我完成任务。还常喊我喝酒,偶尔诗兴大发,弄两句顺口溜。他能喝,白酒起码一斤吧。

我就惨了点儿,沾着酒就红脸,最多喝二两,就再也不肯喝了。

起先他很不满:"文人嘛,不喝酒咋写?"

有时递烟给我,我说"不抽"。

他又不满:"文人嘛,不抽烟咋写?"

他还会找个妹子来撩我,未遂。

心灵·春天送你一首诗

他更不满："文人骚客嘛,不骚咋写?"

后来,他理解我了。不再劝我喝酒、抽烟、撩女人了。

他喜欢说："开心,太开心了。"

不知不觉到了盐城,大杜直接把我们拉到一家大酒店。

我说："中午就不要破费了,随便吃点儿,下午还要参加诗会。"

他说："不要我破费,有人破费。"

是他的一个朋友请客。那个朋友,脑袋大,脖子粗,说起话来呼呼哧哧的。他说："跟我杜哥交朋友,都是够意思的。来,干一个。"

他的嘴很大,我怀疑他能把酒杯也吞下去。

他先跟我喝,迅速把我的脸喝红了;又跟老麻喝,迅速把老麻喝晕了;又跟海子喝,最后把大脑袋转向了小鱼。

那时,小鱼正眼皮耷拉着对付一条鱼。那朋友盯着小鱼看了会儿,见没反应,便把酒杯举到小鱼眼前,说："美女——"

小鱼仍专注地对付她的鱼,眼皮都没抬。

我用胳膊肘碰了下她,她才微微抬了下头,说："我不喝酒。"

说完,又埋头吃鱼,弄得那朋友挺尴尬的。

吃完鱼,小鱼悄声对我说："老师,快开场了,走吧。"

我这才想起我们是来参加诗会的,便悄声跟大杜商量："诗会要开始了,咱们是不是得撤啊?"

大杜说："来得及,再喝会儿。"

再喝下去,都有点儿高了,喝到什么时候,记不清了。小鱼什么时候先走的,记不清了。还到浴城泡了会儿澡,休息了一会儿,做没做别的,记不清了。

当我们几个来到师范学院礼堂时,正赶上舒婷等几位名家上台向大家致意。

这时,漂亮的女主持人说："美在盐城,'春天送你一首诗'大型诗会到此结束。"

有一些学生冲上台去跟这些名家合影,小鱼也冲了上去,老麻提着相机跟上,大杜拉着海子也上去了⋯⋯

回去的路上,大家翻弄相机,看储存的照片。

这时,老麻说:"我朗诵一首舒婷的《致橡树》吧。我如果爱你——绝不像攀缘的凌霄花借你的高枝炫耀自己⋯⋯"

海子夸张地喊:"哎呀老哥,你太有才了,这树是海边的吧,有咸味。"

大杜猛地大叫一声:"开心,太开心了。"

就在这时,小鱼突然打开窗户一阵狂呕。

老麻说:"怎么啦?"

小鱼羞涩又痛苦地说:"我晕车⋯⋯"

十年后。某天,我接到小鱼的电话,请我参加她组织的"春天送你一首诗"小型诗会。

"把他们几个都请来吧。"小鱼特意嘱咐我。

这十年,我们的联系渐渐少了。只知道大杜的公司越办越大,是县里的纳税大户,经常跟县领导喝酒。

老麻"内退"后,被某企业聘去做了办公室主任,写材料,搞宣传。我呢,也从报社辞了职,自己搞了一家文化传媒公司。

我好不容易打通了大杜和老麻的电话,出乎意料,他们都说有空,一定参加。

那天,我们都是开车去的。当然,车的档次是不一样的。另外,大杜又带来一位秘书,还是不到二十岁的样儿,但不是海子,比海子长得开多了。

桃花乡中学位于一个湖心小岛,清澈的湖水围绕着小岛,岛上正花红柳绿。

小鱼在前面引路,介绍。她,较之十年前,似乎更加清澈知性了。

大杜说:"这地方好,静,世外桃源,采菊东篱下,悠然见南山啊。"他又叹

道,"怪不得当初请你到我公司干,你都不肯去呢。"

"春天送你一首诗"小型诗会就在桃花乡中学小礼堂举行。

诗会的规模确实很小,主持人是学生,朗诵者是学生,作者也是学生,他们都是这所乡中学的文学社成员。听众除了我们几个,还有几位老师,再加上本县的三名诗人,其余的也都是学生。他们朗诵得很有激情,现场气氛热烈。

三名诗人也朗诵了自己的诗作。最后,小鱼请我、大杜、老麻也上台朗诵。

大杜说:"我带来一些书和笔送给各位学子,诗就不朗诵了。"

老麻直摇头,有些羞赧的样子,说:"好多年没弄这玩意儿了,记不得了,记不得了。"

我也好多年不写作,不读诗了。可看着小鱼还有学生们期盼的目光,不忍拒绝,便硬着头皮走上台。情急之下,朗诵起女儿在幼儿园联欢会上表演过的一首诗:

　　　　三月的风轻轻地吹

　　　　送走了那寒冷的冬天

　　　　迎来了温暖的春天

　　　　三月的雨柔柔地下

　　　　湿润了那枯黄的小草

　　　　唤醒了冬眠的青蛙

　　　　…………

暮 鼓

冷清秋
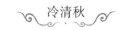

方老爷子在南京城突然有了去处。

他在鼓楼附近新认了一门亲戚。此后,逢年过节方老爷子总要拎点儿东西去看望。其实,也不只是逢年过节,隔三岔五,方老爷子常去。

去了,无非也就是熟人见面时常说的那几句老话。说完,就没话了,俩老头儿都靠在那个旧沙发上晒太阳。有时,方老爷子去了,亲戚正在忙着。方老爷子就自己靠在沙发上,看天,看云,看飞过的鸟,看树上落下的叶子,或者干脆弹弹衣襟上的灰,站起来跺跺鞋上的尘。

对了,忘告诉你了。方老爷子这门亲戚可不是吃闲饭的。虽说有七十多岁了,但眼不花耳不聋的,不但会剃头刮脸掏耳朵,还会在生意不忙时,撸起袖子,虎虎生风地打一套小洪拳。但最最吸引方老爷子的却是他会吼那种叫人听了连肠子都打战的秦腔。

当初,方老爷子就是被这一嗓子给拽了去,再也挪不开脚步。

原本那天被儿子载去听戏,经过鼓楼附近时,遥遥传来一嗓子,如老汉哭坟般凄凉婉转,方老爷子一下子坐直了身子,不瞌睡了。

待第二嗓子透来时,方老爷子说:"掉头,掉头,赶紧的!"

人和人之间向来讲一个缘,也讲究一个巧。那天,这机缘巧合就撞在了

一起。

方老爷子那天坐在理发棚的破沙发上看人家边忙活边唱曲儿，掌灯时分才想起走。

人站起来，却又扭回头，一脸羞涩地说："我喊你声老哥吧。"说完就真的叫了一声"老哥哥"。

紧接着，老陕话羞羞答答地就出来了："其实额叫你老哥你也不亏啊，眼看你是要长额几岁的嘛。多了额这个老弟，虽说帮不上甚忙，但是逢雨天黄昏过来谝谝还是可以滴。"

看对方并不多言语，方老爷子就挥挥手说："不管倪认不认，这门亲戚额今儿算是认了。今儿算是摸个门，以后咱常来往哈。"

第二次来的早上，方老爷子踏进来，将手提袋朝破沙发上一扔说："看看额给你带啥了。"

亲戚瞥了一眼却不悦，慢腾腾地说："弄这叫啥嘛，来就来吧，礼节还怪大。"

话虽这么说，后来端起桌上那个紫砂壶，还是吱溜溜下去多半壶。

亲戚忙时，方老爷子就和来理发的那帮工人们唠叨，也不管听不听得懂，爱不爱听。反正只看一支支递过去的烟被对方接了，就拉开了话匣子。

方老爷子常常感叹，说："难得我这把老骨头，老了老了，还能有这福气，免费理发不说，还能听到乡音听到戏哩。"

再来，看亲戚在数零碎钞票，方老爷子就打趣，说："老哥你干脆费费事，收下额这个徒弟如何？"

有时，方老爷子干脆下午过来，来时揣上自己常喝的烧酒，路上在熟食店包上几样卤味。俩人能从下午直喝到月挂树梢。

有时，亲戚也搓着手挽留，说："要不……就歇这儿吧？"

方老爷子却说："你再来个信天游，我踩着你的曲曲儿走。"

就这样，一次次地，听着来，听着去。方老爷子以为可以一辈子。

可有段时间方老爷子感冒了,等稍好就颠颠地跑来时,发现工棚不见了,简易的理发棚也不见了。他颤巍巍地仰起头,才发现高楼已经建成了,正在清理周边环境。方老爷子急得见人就拽,很费劲地描述,却没一个人晓得。

抬头看看那鼓楼还在,暮色渐隐下如燃烧后的木炭透着暗光。方老爷子突然很想爬上鼓楼去看看。这想法一出来他就真格地站在了鼓楼上。

爬上去,方老爷子发现世界被分为了两层。街道上喧闹嘈杂,人潮汹涌,车水马龙,霓虹闪烁;仰头,漆样的黑正汹涌而至,将一切淹没。

行走的河

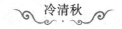

冷清秋

六五。对,这是一个真真正正存在过的名字。

这名字稀奇。我也是几年前才知道老六的本名。

若不是他急着买房朝我借钱立字据,我还真不知道一个人的名字居然会是数字的组合。老六看我笑得合不拢嘴,就有点儿讪讪地解释,说因为自己老爹识不了几个字,当时就随口给自己取名叫"六五"。

我那天笑着问老六还去河里钓鱼不,老六愣了半天才明白我问的啥意思。他涨红着脸,过了老半天才叹了口气,垂着脑袋说:"不了,早就不了。"

我有点儿失望,但素来的矜持还是阻止了我的继续发问。老六是我在宋庄下乡时认识的朋友。

他那时爱唱戏,我在宋庄下乡那几年没少听他哼哼。

那时逢闲我爱去附近的河里钓鱼,在那里经常看到个穿得破破烂烂的老人戴着白色的口罩钓鱼。口罩的白,和黝黑的脸、破烂的衣服形成对比,非常扎眼。其实他的年纪应该不算很大吧,只是看着老相。取下口罩才发现他豁着牙齿,满脸都漾着笑意,整个人看上去很有喜感又很亲切。他很健谈,一来二去就熟络了,不海侃时就捏着嗓子哼徽剧,虽然牙齿漏风,但听起来像模像样的。

久了,知道他家就在河流下游的张村。

久了,才知道他戴着口罩不是防风,是闻不惯鱼腥味儿。

他还笑着说这样还可以防细菌,少生病。虽然我不否认他说的话,但这其实是个很滑稽的理由,尤其在乡下。我就记住了老六。

老六告诉我,在下游水草茂盛的地方网虾米才过瘾,还可以捉点儿秋蟹和螺蛳。他很随和,有时会主动拉我一起去网,一来二去的,我们就成了无话不谈的忘年交,他让我随别人叫他老六。

那时日子苦,钓鱼捉虾给我们带来不少乐趣。虽然有时收效甚微,但那些带着腥味儿的战利品没少给我们的餐桌增香。

老六家大大小小有五个孩子,老婆得了月子病,干不了重活儿,但老六从没为生计发愁过。他除了队上分给家里的几亩地外,还开垦了些荒,每年都多打不少粮食。老六让二小子给我扛来个大倭瓜,说上笼屉蒸熟了蘸盐水吃。那以后我算记住了那美味,隔三岔五就去找老六索要。老六从没不舍得,每次都是顺手朝一个地方一指,吩咐自家的小子:"去,给你叔拣大的摘。"后来,我干脆也不找老六了,想吃时,摸到老六栽的瓜蔓下,自己伸手拽一个。

那时那关系,嗨,简直比亲兄弟还要亲。所以尽管多年不见,但老六一张口说借钱,我二话没说就答应了,根本就没看妻子在一边挤眉弄眼地丢眼色。但好在老六聪明,紧接着对我说:"亲兄弟明算账,还是立个字据的好。"看他认真,我也就没再坚持什么。

妻子的不搭理也就持续了几个晚上,日子总是要过的。何况老六儿子买房子的向阳小区距离我上班的地方也不远。可我没想到妻子的预言最后竟成了真。

两年后,向阳小区的住户陆续入住后,妻子催我赶紧拨打老六的电话联系,但此时老六留给我的手机已经停机了。我觉得不妙,第二天赶紧跑到乡下去找老六。但摸到地方后发现,老六家的大门落锁,锈迹斑斑的。大门前

尘土落叶堆积,显然久未住人。

看来只好向老六的邻居打听老六的去向了,但接连找了几户,家家大门紧锁,都没有人在家。后来遇到个放羊的老汉,老汉指指村西冒着狼烟的大烟囱说,都在化工厂打工哩。问起杨六五,老人说没这人。

我赶紧改口说是老六,以前爱戴着白口罩钓鱼。

老人这才止住脚步说:"哎呀,他呀……"就再无下文。

再问,老人伸手指指水库的方向说:"车祸后埋那儿了。"

我心一惊,赶紧问:"啥时候的事?"

"早了,两年了吧!"老人说着慢腾腾地远去。

没想到会是这结局。我腿脚发软,跟跄着朝水库那边赶,人还没到岸边,就赶紧掩住了口鼻。这么大的味儿,老六咋受得了?

一巴掌

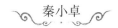

秦小卓

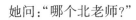

何田田现在的上司，曾经也是她的大学语文教授，这样的概率会不会很高？加上一条，他曾是福城晚报副刊编辑，而她是作者，这样的概率会不会又很高？再加上一条，她的第一篇文字是他给修改编辑上报的，这是不是更巧了？总之，他们现在是上下级关系。

今天早晨，上司告诉何田田："北老师回来了。"

她问："哪个北老师?"

上司说："就是北大荒，北漂的那个，你怎么忘了？他昨天晚上回来就给我打电话，马上就会见到他。"

何田田才想起今天上午九点钟在机关礼堂召开福城文学艺术界联合会第四次代表大会，北老师作为福城文学艺术界名流，该是应邀回来参加会议。

到了九点，各就各位，也没见到北大荒。会议结束，何田田回到岗位上，

埋进事务,也就忘了北老师还是南老师。养家糊口,随波逐流,便是她的现实生活方式,有时在报刊发表一些心情文字,纯粹娱己;能否娱人,她不敢奢求。日子就这样过下去,"只恐双溪舴艋舟,载不动,许多愁"。

谁知到了下班之后,上司打来电话:"小何你家距火车站近,快去拦下老北,请他吃一顿晚饭。"

上司说他随后就到。

何田田急忙驱车去火车站,在候车室玻璃窗前朝里面搜寻好久,也没见北老师。她又想起已有十多年未见,毕竟岁月不饶人,会不会都变得面目全非……遐想中,电话响了,是上司,他要何田田脸往右边转。于是,她就看到上司站在售票处台阶前,对一个人急急地说着什么。

何田田走上前去,听到上司说:"怎么好意思,你来到家门前,还能让你这样将就……"说着就去收拾那人摊开在台阶上塑料袋里面的煎饼卷和咸菜。

那人一个劲地解释:"啊呀,哪里,多年来都习惯了。"

那人便是北老师无疑。一边走向路边的猎人小酒馆,何田田一边打量这个生一副清癯面孔、动作敏捷的半大老头儿,是否在她的记忆里存在过。可见岁月残酷无情,方才从他面前走过,都视而不见。

在猎人小酒馆坐下,北老师连忙摆手:"别、别、别破费,一定不要破费。"

因何田田与上司都要开车,不能喝酒,只是点四盘小菜,外加一瓶"蓝色经典",一边聊一边陪北老师吃喝。

三杯酒下肚,他的话多起来,说什么"乱哄哄你方唱罢我登场,反认他乡是故乡",在北京生活压力太大,又弄不出什么有价值的东西,着急呀!常常是"停杯投箸不能食,拔剑四顾心茫然",常揪头发。

"你看是不是越来越少?"他又说,"偌大的国家图书馆,竟没有收藏本人一本书,不行,不行啊,这个信念不可丧失,一定不可丧失!"

接着他豪气万丈地仰起脖子"咕嘟"下去一大杯酒,"乓"的一声,拍了一下桌子,惹得周围人都朝这边看。他指着何田田的上司,又指着何田田:"包括你们在内,不可丧失!"

何田田的腮帮子发热,她发现上司也下意识地拂了拂面颊。没多一会儿,一瓶酒下肚,北老师已是飘飘然了。

酒足饭饱,送北老师踏上北去列车。

何田田与上司从月台回来,他问:"你知道是哪股子力量使老北下决心北漂的?"

她答:"被他妻子一巴掌打走的。"

上司说:"却不是被打,一次几个文友在老北家小聚……"

上司没说完,侧脸看着何田田:"咦,你为何捂住耳朵?"

何田田说:"我听到的是另一番情景,北老师的妻子因不满他迷恋文学,一巴掌将他打到北京。"

上司还想申辩,见她更紧地捂住耳朵,便奇怪地看了看她,低头往前走。

何田田在上司后头请求道:"以后不要对别人说目睹老北打他妻子一巴掌好吗?"

上司问:"为什么? 这是事实。"

何田田跺脚道:"事实也不要继续传播,那样对老北不好,对读书人也不好。"

上司愣了一下,继而哈哈大笑:"小何呀小何,你也给我一巴掌啊,好,好好。"

换　暖

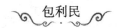

包利民

腊月的风如野狼在窗外嚎叫着,叫醒了炕上的老两口。老李头蜷在暖暖的被窝里不想动,老李太太却一边穿衣服一边隔被踹了老李头一脚:"快点儿,车就要开过来了!"

老李头嘟囔着:"去那么早干啥? 也没人抢你的!"

老李太太白了他一眼,说:"老人说过,多受点儿苦,后辈儿就多享点儿福,咱们多冻一会儿,孩子就能多暖和一会儿,说一百遍你也记不住!"

两人收拾停当,各夹着一个旧丝袋,手里都拿着笤帚和搓子,老李头则叼了一杆点着了的烟袋。一推门,大雪就像扯碎了的棉花套子从天上掉下来,两人呼着团团的白气,裹挟着一身的雪花向不远处的土路上走去。

他们就站在路边,天已经放亮,浓密的雪花遮住了望向远处的目光。老李头狠吸了一口烟,说:"我说出来早了吧?"

"能冻死你?"老李太太说,"这么冷咋没把你的烟冻灭呢?"

烟袋锅里的烟叶在风雪中倔强地燃烧着。这时,汽车喇叭声穿透呼啸的北风传了过来。两人立刻后退了几步,引颈张望。一辆大卡车从东边远远地开过来,像一团移动的影子。车速慢了一些,可能是因为土路不平整,加之雪厚,车时快时慢地颠簸着从他们身边驶过。

这是一辆装满了煤的军用卡车,伴随着颠簸,许多煤块纷纷滚落下来。两人看着车跑远,就像融进大雪里没了影儿,才各自向着一个方向沿路去扫拾那些煤块儿。两人其实并不老,也就五十多岁,可是长年的农事操劳,风吹日晒雨淋雪打的,使得他们看上去就像七老八十的样子。

当天大亮起来,村里的狗叫声此起彼伏地传来,两人已经各自背着一袋煤会合在刚才的等车处。老李头的烟袋像枪一样别在腰上,老李太太脸上全是笑意:"今儿比以往都多,这场雪下得真好!"

来时的脚印已经被雪填平,两人深一脚浅一脚地回到自家的院子。院子西侧有一个小小的仓房,老李头一脚把门踹开,把一袋煤哗啦一声倒进去,然后接过老伴儿的那一袋也倒了进去。老李太太伸头往仓房里看了看,里面已经堆了不小的一堆煤,脸上的笑就更灿烂了。

从房后抱了一捆柴火,老李头进屋开始烧炕点炉子。老李太太一脸的笑,问:"你说,再捡上半个多月的煤,等儿子放假回来,够不够烧一个月的炉子?"

老李头低哼一声:"就你能惯着他!从小就在这屋里长大,也没冻坏,就你咸吃萝卜淡操心!"

老李太太却说:"那不一样,儿子上大学,住的是楼房,屋里热乎着呢!这都习惯了,冷不丁回家,肯定受不了!再说儿子这是第一年去上学,放假回来,咱们家咋着也得整得热热乎乎的!你这死老头子是不是没长心?咱们也就起早出去那么一会儿,又冻不死,让儿子好好在家过个年能怎么的?"

老李头低下头,偷偷地笑了一下,继续烟熏火燎地往灶坑里塞柴火。不一会儿,炉子点着了,炕也暖了,两人盘腿坐在炕上吃早饭,屋里渐渐地暖和起来。

外面依然是风吹雪舞。就在刚才的那条路上,在很远处的一辆军用卡车里,两个年轻的小战士正在闲聊。旁边坐着的问开车的:"怎么每次经过这个屯子,你的车都开得不那么稳当?"

开车的战士说:"那是我故意的。你没看到天天都有两个老人站在路边等着吗? 他们就是想捡些咱们车上掉的煤,我开得不稳当,就能多颠下去一些煤! 我想起了自己的爸妈,他们也在农村,很不容易啊! 咱们掉那点儿煤不算什么,对他们来说可能就是一天的暖和,用那点儿煤换来两个老人的暖和,我觉得挺好!"

两个人沉默下来,心里却都充盈着一股暖意,便忽然觉得,用那一点儿煤换来心里的温暖,真好!

冯老汉的儿子

石　鸣

　　冯老汉有三个儿子,大冯、二冯和小冯。三个儿子的母亲在生小冯的时候难产死了,冯老汉一人既当爹又当妈,辛辛苦苦地拉扯着孩子。光阴似箭,岁月如梭,转眼间,小冯也要上小学了。

　　一天,冯老汉将三个儿子拉在一处对他们说:"别人家的孩子有爹又有妈,就好比一间房子有门又有窗,但你们现在只有爹没有妈,就好比一间房子只剩下门,没有了窗,所以你们兄弟三人一定要抱作一团,互相照顾,才不会让人欺负轻瞧。"

冯老汉说完,小冯指着自家屋子的窗户对冯老汉说:"爹,咱的房子也有窗。"

冯老汉摸摸小冯的头,说:"是,咱的房子也有窗,但爹说的窗不是这个窗。别人家的孩子有爹又有妈,就好比门和窗都是好的,但你们现在只有爹没有妈,窗户就只是一个空落落的洞,风风雨雨都会刮进来,这地方咱又没亲戚,啥都得靠自己,所以你们一定要抱作一团,互相照顾,才能健康长大,明白了吧?"

大冯、二冯和小冯使劲点头,牢记了父亲的话。

兄弟三人做得很好。冯老汉在县运输队工作,有时候跑长途,要两三天才能走个来回,冯老汉就把钱拿给大冯,早上大冯就把豆浆、油条买回家,同二冯、小冯一道吃了,然后一起去上学。中午和晚上,大冯领着二冯、小冯一道去街口的面馆,一人要一碗素面,吃完了,再领着二冯和小冯回家做功课。

冯老汉拿给大冯的钱,通常有一顿是可以吃炸酱面的,大冯同二冯、小冯商量,全部吃素面,省下的钱去买水果糖。省下的钱能买十粒水果糖,兄弟三人一人分三粒,剩下一粒,留给冯老汉。冯老汉回家了,兄弟三人将水果糖递上去。冯老汉剥了糖纸,笑眯眯地吃。

大冯看见爹的脸高兴得像棉袄褶子,摸摸口袋里还剩下的一粒糖,掏出来又递给了冯老汉。二冯摸摸口袋,也还有一粒糖,掏出来也递给了冯老汉。小冯摸摸口袋,也有一粒糖,掏出来也递给了冯老汉。冯老汉看着手心里的三粒糖,高兴得一张脸就像堆了三件棉袄。冯老汉没有将糖放进自己的口袋里,他摊开手掌,将大冯给他的糖给了二冯,二冯给他的糖给了小冯,小冯给他的糖给了大冯。

冯老汉对三个儿子说:"爹真是高兴啊!就是要这样互相惦记着。"

兄弟三人将糖剥开放进嘴里,使劲点头,一股甜丝丝的小溪流顺着喉咙愉快地流进了兄弟三人小小的身体内。

转眼新年到了,冯老汉带回单位分的一小筐橘子。冯老汉挑出一些好

的留下春节走亲戚，剩下的，兄弟三人一人分四个。大冯拿了自己的四个，挑出两个，一个给二冯，一个给小冯；二冯拿了自己的四个，挑出两个，一个给大冯，一个给小冯；小冯拿了自己的四个，挑出两个，一个给大冯，一个给二冯。兄弟三人看看自己面前的四个橘子，又看看兄弟面前的四个橘子，开心地笑了起来。

冯老汉看在眼里，宽慰在心里，感到周身都无比温暖。冯老汉想，兄弟三人能这么互相体贴着，他就是死了，也不会有什么牵挂了。也真不该这么想的。这么想了后几个月，冯老汉跑长途时果真就出事了。车子夜里滚下了山坡，等人发现时，冯老汉已经卡在驾驶座上静静地离去了。

唉，世间事，谁说得清呢？运输队的人平时看见冯老汉的三个儿子都那么懂事，没少羡慕冯老汉以后能潇潇洒洒享清福，可是谁会想到他就这么掉下山谷去了呢？

冯老汉死了，这个家就门和窗都没有了。大冯将二冯和小冯拉在一处，对二冯和小冯说："咱现在没有门也没有窗了，爹的话你们都还记着吧？"二冯和小冯使劲点头。二冯和小冯说："咱们要抱作一团。"兄弟三人抱作一团，没门没窗的日子流水一般过去，果真谁也没有冻坏。

兄弟三人长大了，很快都有了工作，很快又都有了家庭，很快又都有了孩子。虽然没住在一块儿，但像多年来一直所做的那样，兄弟三人依旧互相惦记，互相照顾，有了困难齐心解决，有了东西从不独享。日子继续如流水一般过去，一晃，小冯的孩子也到了上学的年龄了。找学校，报名，麻烦的事一一做了，一切都顺顺当当的，不料在开学前两天，却发生了让人意想不到的事。

事情是由孩子引起的。具体说，是由孩子的文具盒引起的。因为三个孩子都上学了，所以这一年大冯、二冯和小冯给孩子买文具盒的时候，都买了三个。三人买的文具盒互不相同，但每人买的三个文具盒却图案、样式都一样，里面装的东西也一样。大冯、二冯和小冯希望孩子们能像他们小时候分橘子那样，将文具盒互相送出去。

但是当孩子们各自拿到三个一模一样的文具盒后,先是对父亲买三个一模一样的文具盒表示不解,接着又对要将文具盒在他们三人之间送来送去表示不解和不情愿。三个孩子一致表示不愿意用和别人一模一样的文具盒,所以也就不愿意将自己手中的另两个文具盒送出去。他们将文具盒抱在怀里,对父亲的暗示和提醒充耳不闻。

大冯、二冯和小冯于是就给孩子们讲了以前他们互相给橘子的事,但是让他们吃惊的是,孩子们并没有对他们的故事产生兴趣,而是发出了疑问和嘲笑。

大冯的孩子说:"你们起先每人四个橘子,给来给去后,每人还是四个橘子,等于是啥都没做,还得意扬扬了。"

二冯和小冯的孩子就跟着说:"啥都没做还得意扬扬了。"

三个孩子说完,开心地笑了起来。

大冯、二冯和小冯目瞪口呆,好一阵才对着自己的孩子吼:"你瞎说啥呢!"三个孩子的母亲就都说话了:"吼什么吼?孩子说的也没错呀。开始是四个橘子,最后也是四个橘子,没变多没变少,你倒说说有什么不同?"

还有些话她们也想说,比如平常互相送东西,大家又不是一个模子倒出来的,哪可能口味都相同?有些东西送来,不合自己的意;送给别人的东西,也不一定合他们的意,那又何苦再送来送去的呢?东西放在家里不用,既浪费钱又占地方,有什么意义?

但她们没把这些话说出来,孩子就要上学了,让孩子高兴才是要事。所以她们说:"算了算了,孩子不喜欢换就别换了,反正换来换去也是一样的。还不如带他们上街去,让他们自己挑,自己看中了哪个,就买哪个。"

三个妈妈领着三个孩子高高兴兴上街去了,留下大冯、二冯和小冯坐在屋子里抽烟。三个人默默无语,都在想着刚才孩子和自家女人的话。他们都觉得这些话有一点儿道理,但又都觉得这些话里缺了一点儿什么东西。

烟抽完了,兄弟三人都在心中说:是啊,给来给去后东西是一样多,可要是不那么给一圈,我们又怎能顺顺当当走到现在呢?

梅　痴

薛培政

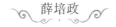

　　没人知道长岭爷为何一直画梅,常常一画就是半天,一幅接着一幅地画。听老辈的人说,钟情于梅花的长岭爷,早年曾在队伍上打过日本鬼子。复员回乡后,乡邻就发现他脾气古怪,看上去有些疯癫,且尤喜梅花,常常在村南梅岭上一待就是半天。乡邻们便猜想他可能在战场上被炮弹震残了大脑,落下了这般征候。因他极少与人来往,加之父母早逝,又无兄弟姐妹操心,婚事也就耽搁下来。过了花甲之年,仍孑然一身,便入了"五保"。

入了"五保"的长岭爷生活无忧了,便开始练习画梅,也许是性格使然,这一画便不可收拾,且终日画梅不辍,画过的草图或墨稿摞了又摞,堆满了斗室。懂行的人看过他画的梅花后,称其画作虽算不得上乘,但下笔不俗,他笔下的梅树枝干硬朗,苍劲有力;错落的梅枝,虬曲灵动,肆意狂放;尤其是那幅残梅,虽主干断裂,枝条残缺,却傲然挺立,显现出坚毅的风格和不屈的灵魂,透出一股拙朴撼人的力量。

有人要收藏他的画作,出价不菲,任凭人家好说歹说,他却死活不肯出手。每逢画累的时候,他便泡上一壶闲茶,边自斟自饮,边端详画作自赏:"唉,都是有灵性的生命啊,咋能说卖就卖呢!"随手拈起那幅刚画成的黄梅,就觉得屋子里溢满了清香。顿时,沉寂的思绪,又像长了翅膀一样飞扬起来。

那是七十多年前一个冬日,发了疯的日军向国民革命军守备的某高地发起一轮又一轮的猛烈攻击,战斗已经打了三天三夜,双方仍处于胶着状态。

战斗间隙,坐在战壕里的士兵长岭,疲惫的身子斜靠在壕边的土墙上。由于阵地上已断粮断水,焦渴的他用舌头舔了舔干裂的嘴唇,下意识地环视四周,眼前一亮:战壕边那株被炮火摧残的蜡梅,剩下的半截枝干依然挺立,仅有的几朵梅花仍绽放着绚丽。见此情景,他那被炮火浸淫得麻木已久的心萌动了。

"多么坚强的生命啊——"他顿时忘却了疲惫,呼地起身走向那株蜡梅。也许求生的欲望太强烈了,他贪婪地将鼻子凑近梅朵嗅了又嗅,那股幽幽的清香,冲淡了连日刺鼻的硝烟。从此,这株残梅便走进了这个濒临死亡的士兵心房。落日凄艳,如血的残阳染红了西边天际。日军更加猛烈的攻击又开始了,眼见着身边的弟兄一个个倒下,再望着将被蚕食殆尽的阵地和窜上阵地的鬼子,他奋力甩出最后一颗手榴弹后,又望了一眼那株残梅,便纵身跳下了背面的悬崖。

所幸被悬崖下一棵柿树挂住,他才幸免于难。

直到新中国成立,在外打了多年仗的长岭爷,才背着一个黄布包裹回到了阔别的家乡。从此,他喜欢上了家乡的梅岭,梅花就成了心头挥之不去的情结。

每到隆冬,一簇簇梅花在凛冽的寒风中破蕊怒放之时,长岭爷就会喜不自禁地出现在梅丛中,反复欣赏着那朵朵傲雪斗霜的梅花。也许受其倔强不屈的生命气息浸染,恍惚中,战壕边那株残梅又浮现在眼前。

从此,他爱梅如痴如醉,尤为钦佩梅花那傲寒不屈的风骨。往后的日子里,宣纸上那些造型独特、古朴典雅、花色多样、形态各异的梅花,便成了他终日的精神寄托。

日出复日落,花开复花谢,抗击倭寇的枪炮声早已远去,一幅幅画作消融着岁月的悠长。也许是上了年纪容易怀旧的缘故,长岭爷在作画之余,经常不时地念起战壕边那株残梅:"唉,那可是俺打鬼子的见证啊,俺那会儿可是拼了性命保家卫国的,若能在有生之年,政府承认俺打过鬼子,俺就心满意足了。"每当此时,凝眸墙上悬挂的那幅残梅,老人的目光里流露出渴望与期盼。

癸巳年初秋,长岭爷终于盼来了国家民政部将国民党抗战老兵纳入社会保障范围的喜讯,听说可与八路军、新四军等抗日老战士享受同等待遇时,他埋藏已久的心结终于解开了,不由喜极而泣:"我现在啥也不图,只要国家给我发枚功勋章,我就死而无憾了!"

不久,长岭爷就变卖了所有的画作,并将获得的酬金全部捐给了希望工程。两年后,村里建起了一座希望小学,取名为"梅岭小学"。

绝 鉴

何一飞

　　隐逸斋是做玉器的,老板姓陈,叫陈若尘,是原县一中的历史老师。不知什么原因,他辞了职,开了家玉器店,取名隐逸斋,大概是小隐于市的意思。陈若尘四季皆藏好茶,有两个半茶友。先是两个,后来又多了半个。那两个,一个是他的发小,县教育局长冯有为,用陈若尘的话说,冯有为斯文还在,可以为友。一个是宝峰寺的方丈法缘和尚,轻易不说话,一开口则口吐莲花,让人醍醐灌顶。有次喝完茶,法缘和尚对陈若尘说,施主面相与佛有缘。至于那半个,是本县县委书记,冯有为带过来的,喝过几次茶后,发现并无半点官场俗气,就被陈若尘列为半个朋友。

　　陈若尘做玉器生意是因为他善鉴玉,尤其善鉴古玉,在省内古玉鉴定专家中排名第一。曾经有省城收藏家高价购得一枚汉代龙凤纹玉环,却被省城的专家鉴定为高仿品,也不知收藏家从哪儿打听到陈若尘,跑过来请他鉴定。陈若尘拿着放大镜看了又看,最后对收藏家说从玉质和线刻技法可以断定是真品。后来收藏家又把龙凤纹玉环拿到北京,北京的大师也鉴定为真品。陈若尘一鉴成名,被人誉为省内古玉鉴定第一人。

　　鉴宝这行只要肯放手是能赚大钱的。所谓放手就是玩家给钱,拿假货让鉴定人出个真品证明。许多玉器玩家都找过陈若尘,陈若尘坚持操守,冷

面相拒,再高的价也不做。隐逸斋的生意不好不坏,陈若尘不像他老婆那样着急上火,说做生意本来只是玩的事,何必较真,真要老是想着挣钱,那就是人被钱玩了,不值得。

豁达的陈若尘最近有些豁达不起来了,因为女儿的事。女儿大学毕业两年,右脚残疾,找了几十次的工作,都被用人单位拒绝了,弄得女儿现在连家门都不愿走出一步。这事不知怎么给县委书记知道了,这天晚上县委书记和冯有为来喝茶,书记从包里拿出一份调令对陈若尘说:"明天叫孩子到财政局报到,孩子学财会的,正好学以致用。"陈若尘犹豫了一会儿,把调令接了,说:"滴水之恩当涌泉相报,你这样的大恩,我如何相报啊!"

时间就这样不急不慢地走着。

茶友们很久没来了。陈若尘有些想念,想打电话约他们过来喝茶,拿起电话又放下了,笑自己像没经过事的人,但心中念头一起,一时却放不下来。这天晚上正念着,书记一个人来了,陈若尘喜得连忙去泡茶。

喝了一阵茶,书记从公文包里拿出一个用黄绸裹着的东西说:"若尘你给看看。"

陈若尘小心接过,慢慢揭开黄绸,心就扑通、扑通跳了,一枚品相良好的青玉碟子在灯光下发出幽幽的沁人的光。这碟子学名叫清代菊纹盘,是清代中期皇家用具,虽说不是孤品,但存世数量极少,香港的拍卖行前几年拍卖过一枚,拍出了近百万元的价。

仔细看过几遍,确定无疑后,陈若尘才对书记说:"这是真品。"

书记笑着说:"这碟子是家传的,我岂会不知它是真品。"

"那你拿来叫我看是什么意思?"

书记踌躇着说:"若尘,我们是朋友,你帮个忙,给它出份赝品证明。"

陈若尘不答话,也不看书记,内心挣扎着。良久才站起来,踉跄着出了茶室。过了片刻,拿了印鉴纸笔回来,坐下写好鉴定证明书,签名,盖上自己的印鉴递给书记,懒懒地说:"你要它假就假吧。"然后,端起茶做了个送客的手势。书记尴尬地站了起来，从包中拿出一个大红包，陈若尘不接，把书记半拖半拉地推出了门。

第二天，隐逸斋关了门。门上贴着八个字："若尘已死，停止营业。"

街坊邻居不信，问陈若尘老婆，老婆又气又恨地说："死了。死了好。他死他的，我活我的。"

陈若尘哪儿去了？有上香的人在宝峰寺看见了他，原来已皈依法缘门下，做了和尚。

书记也听说了，怎么也想不明白陈若尘为了一件小事就去做了和尚。他哪里想得明白，有些东西，比如气节、比如信誉人格，在常人看来，也许并不觉得珍贵，但在陈若尘那里，他看得比生命还重要。

林磨道

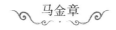

马金章

林磨道眼下七十来岁了,乍一听磨道这个名儿有点古怪,古怪得让人听了就猜测背后隐藏着什么故事。林磨道常常高腔大嗓地给人介绍他名字的来历:"俺娘生俺前,她还在推磨哩。推着推着,她觉得肚子一沉,呼啦一下就把俺生在磨道上了。"磨道还说,他五六岁那年,还是在娘生他的那个磨道,一头被掩着眼的牛在拉磨,他坐在磨道边的一张小椅子上一俯一仰地轧着椅子玩,后椅腿一滑,他摔在磨道里。娘这时正在罗面。拉磨的牛走到他跟前,用坚硬的前蹄向他的腹部踩下去。娘听到他惨烈的叫声后,疯了一样扑向他。事后,娘想到他生在磨道,在磨道遭了劫又大难不死,就给他起名磨道了。

磨道所在的小城,是历史悠久的黎阳古城,古城的传统名吃自然不少。林家火烧是林磨道祖上传下的绝活儿,到了林磨道这一辈,火烧被他打到了出神入化的地步。他的火烧炉立在南街路东自家门前。看林磨道打火烧简直是种享受,泛着紫红色厚重沉稳的檀木面板上,和得光亮筋道的面剂醉醉地卧着。磨道每次都好像很随意地抓一团面剂往秤盘上一放,秤杆儿先是微微上翘,然后像被磁石吸住一般稳稳不动了。这是杆十六两一斤的老秤,秤杆为核桃木,秤盘是铜盘,砣是铜铸的半面虎,这砣类似我国古代调兵的

虎符,虎符铜砣闪着黄澄澄的光,给人一种庄重的威严感。近些年,小城打火烧的摊主都不用秤了,人们宽容到不再计较一个火烧的一星半点的轻重。但林磨道仍用这杆老秤,林磨道仍是一搲就准。有人认为,既然手就是秤,林磨道这秤岂不多余?其实,将每一块面剂过秤对于林磨道,就像体育运动员上场前的摩拳擦掌,就像音乐独奏时的一个漂亮过门,他要的就是这种情调。好事的人就将林磨道与他的秤编出不少歇后语,如:磨道的秤——多余,磨道的秤——有数了,磨道的秤——给人看的……

磨道称过面剂后,先将面扯长、搓圆,再在面案上用手轧成面叶,然后抹椒盐、施麻油,左折右叠卷成卷,旋即用掌心将面剂压成圆饼,接着就在油珠流动的鏊子上烤,再放进炉子里烘。磨道做火烧用面特讲究,一般打火烧或用发面,或用烫面,或用死面。磨道认为发面软,没口劲儿;烫面黏牙,成色也不好;死面硬,牙齿不好的人享受不了。磨道是发面、烫面、死面和在一起用,各用多少有一定比例,这比例根据天气变化随时调整。磨道打出的火烧大小均匀,外焦里嫩,黄如金缕盘丝,白若菊瓣叠合,拿在手中一股焦香沁入肺腑,入口酥脆柔软兼得,口感美妙得难以言喻。

磨道打火烧每天只打三十五斤面,吃他火烧的人多,每天都供不应求。这两年,小城下岗的职工多了,黎阳城内四关八街一下子增添了百十家打火烧、烙大饼、炸油条、做蒸馍的,磨道的火烧炉前仍须排队才能买上。

有人说:"林师傅,你不能每天多打点儿,趁身体好多抓挠几个钱?"

磨道笑说:"打多,难免成色火候不到,这不仅坏了别人的胃口,又脏了自己的名声,不值得。"

他一边将面剂在檀木面板上甩得啪啪响,一边说:"挣钱也没个够,钱是啥?钱是龟孙,龟孙给我,我给龟孙。"

这话若是从别人嘴里讲出来,一定是股馊臭味儿,但从磨道嘴里讲出来,便是清凉醒脑的薄荷味儿。

这时,一炉火烧出来了,排在前面的人想起磨道刚才的话,不好意思地将钱递过去,说:"给你个龟孙。"

　　磨道笑眯眯地把钱接了,找零时说:"龟孙给你了。"

　　人们欢快地笑起来。

好　酒

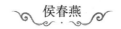

侯春燕

张清好酒,千杯不醉。李醒也好酒,却沾酒即醉。

按理说,酒量天壤之别的人,凑不到一块儿喝酒。即便凑在一起喝酒,也喝不出酒趣来。张清、李醒,却喜欢凑一起喝酒。一人提议,另一人必响应。提议的理由真算不上理由。

"哟,今天下班早,喝酒去?"

"好啊。"

"唉,今天下班太晚了,喝酒去?"

"要得。"

"对了,今天下班正合适,喝酒去?"

"走哇。"

凡此种种,都成了喝酒理由。

男人好酒,家里的女人一般都要反对。但张清的女人和李醒的女人,不仅不阻拦,甚至见他俩在家闲着,还说闲着干吗呀,找张清(李醒)喝酒去啊!

似乎,男人喝酒是件好事儿。

仅此便罢了,俩女人还买回一箱又一箱的酒囤在家里,供张清与李醒喝。酒,都是广告里有名的好酒。

好喝酒却被老婆管制的男人,对张清、李醒那个羡慕嫉妒恨啊。

有人问张清:"你老婆咋不管你吃酒?"

张清笑而不答。

有人问李醒:"你老婆咋不管你吃酒?"

李醒乐而不语。

这日,张清、李醒聚在一起。两人在一起,喝酒是必需的。

一来一往,两小杯酒下肚。李醒话开始多了。

李醒再举杯,张清伸手拦住,适可而止,适可而止。

张清一杯又一杯酒。李醒一口又一口菜。

李醒说:"哥,你咋那么能喝,我咋这么不能喝?"

张清笑笑:"要是像你那样不能喝,我还画得出画来?"

"也是,要是我像那你样能喝,还写得出字来?"

"哈哈,哈哈。"两人大笑。

笑着笑着,眼泪从李醒眼里向外涌。

"好了,好了。"张清拍李醒的肩,拍着拍着,也抹了几下眼角。

店老板望了望又哭又笑的俩男人,摇摇头,继续低头算账。

一瓶酒见底。张清又喊拿酒,李醒伸手拦住:"适可而止,适可而止,再多也装不满你的酒肚皮。走,去翰香苑了。"

张清与李醒的翰香苑,在一条僻静的小巷尽头。

翰香苑里,等待张清、李醒的,除了笔墨纸砚,还有张清的女人、李醒的女人。

见男人脚步稳健地进屋,两个女人相视一笑。

夜,静得连月亮都没有,仿佛能听见张清的画笔在宣纸上游走的沙沙声,仿佛能闻见宣纸吸食李醒墨汁的吞咽声。

两三个小时后,张清的案桌上,一幅六尺水彩山水画,水在流,鸟在飞,人在语;李醒的桌上桌下,几幅六尺行草横幅一溜儿摊开,有的字字连贯,游丝牵引,如一涧涓涓的山间溪流,有的欹正呼应、虚实对比,似一曲节奏明快的音律。

"哈哈,哈哈。"俩人大笑,对提着夜宵进屋的女人嚷,"拿去换酒,拿去换酒。"

"呵呵,要得,卖了给你们买好酒!"女人们说。

卖画卖字的事,女人用不着操心。在戎州城,张清的画、李醒的字,千金难求。

但在五年前,李醒一文不名。

李醒的笔功也深,撇捺若刀,横竖如担,弯勾似月。但通篇一看,竖如死蛇,横似干豇豆,像一条不能流动的河,不能转动的轴。

李醒扔了笔,倒了墨,撕了纸,以酒浇愁,愁更愁。沾酒就醉的李醒,日日醉酒。

一日,张清提着酒瓶上门来。

李醒诧异。两人虽识,但艺术各有圈子。点头之谊,何来登门看望之情?

张清把酒瓶放在桌上,不理李醒眼里的疑问,说:"听说你不写字变喝酒了,来,咱兄弟整一回,比比酒量。"

"笑话不是这样看的!"李醒拉下脸。张清的酒量与他的画一样声名远扬。

"确实,专门来看看你的醉态,感受感受醉的滋味。"

"看就看,我都这样了,还怕人笑? 只是,我一醉就吐,浪费了你的好酒。"张清放在桌上的酒,广告里有,却像张清的画一样难购。

几杯下肚,李醒便醉得不知东南西北,吐得满地污秽。

李醒酒醒,再次诧异——张清仍在。

"日日醉,有意思吗?"张清问。

"没意思。"沉默许久,李醒长叹一声,答话。

"那就好。"张清起身离去。

第二日,张清又提着酒瓶上门。李醒说:"我决定戒酒了。"

"酒乃天地之精华,不喝酒,岂不辜负造物者的恩赐?"

李醒苦笑:"昨日说醉酒没意思,今日偏又要喝酒,啥意思?"

一杯下肚,又一杯入口,张清就拿了李醒的酒杯,说:"酒,好酒,可喝,不可醉。"

李醒不知张清何意,却也停了杯,看他一会儿细斟慢饮,一会儿豪喝猛咽。

一瓶酒见底时,张清拉着李醒出了门,走进夜色。

夜风一吹,李醒顿觉神清气爽,一股挥毫泼墨的冲动,像只迷路的兔子在胸腔乱撞。李醒苦笑,自己已扔了笔,倒了墨,撕了纸。

街灯迷离,张清领着李醒,左转右绕,进了一间屋子。屋里,书案齐备,纸墨笔陈铺。

"随便看,我做事了。"说着,张清自顾自地走到桌前,提笔作画。

张清五色六彩地作画。稍许,宣纸上便山有棱、水有声了。只需再着色有润,一幅刚柔相济、有质有韵的水墨画就会跃然纸上。

李醒越看越心痒难耐,终于,向旁边的书案走去。

当张清抬头寻印章时,发现李醒举着笔,目瞪口呆地盯着眼前:六尺纸上,挥洒着一首神采韵味形质得宜的陶渊明《饮酒》诗,"结庐在人境,而无车

马喧"。

　　"好,成了!"张清猛拍李醒一掌。

　　"咋会这样?"李醒有些恍惚。

　　张清笑,不语。

　　李醒还是想明白了,微醺中,心手双畅,物我两忘,真情至性。

　　自此,李醒好上酒;张清更好酒。张清仍是千杯不醉;李醒仍是沾酒即醉,却从不醉。

新进化论

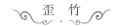
歪 竹

空无一人的别墅里,突然响起了脚步声。

这是我家的别墅。这天我让老婆、孩子先走到五十米外的公路上去等我。他们让我送他们去市里逛街。我是最后一个离家的。怕有小偷光顾,将防盗门锁好以后,我还特意里外操了几下。但是,当我到车库开出车子,从别墅前的小路上经过时,我清晰地听到别墅里传出了杂乱的脚步声。

怎么回事?大白天的,难道撞鬼了?

我下了车,蹑手蹑脚地走近别墅,将耳朵贴到门上,仔细倾听。好像是凳脚砸到地板上的声音。听上去,有点儿沉闷,还有点儿霸蛮。

那么，是谁在拿凳脚砸地板呢？

我的脸贴着墙壁移动，眼睛一点儿一点儿地移到窗玻璃上，往里看。我一下子惊呆了，天哪，这是怎么回事？水磨石地板上，有三条凳子正在跳跃。一条像原地跳高，另一条像在跳远，最后那条凳子看上去小多了，它正在上楼梯。这些凳子的模样，都像一个并拢双脚、反扣双手跳跃的人。看上去，有点儿认真，有点儿庄重，也有点儿滑稽。

到底是怎么回事？我全身毛发竖起，紧紧地攥着拳头，不知如何是好。正在这时，我手机响了，是老婆打来的。

"你怎么还没来呀，我们站得脚都发麻了。"

"嘘，小声点儿，家里发生了一件怪事。"我小声地说，"有三条凳子在跳来跳去……不信，你自己回家来看。"

老婆扭着肥胖的身子走了过来，也像我一样，把眼睛贴到窗玻璃上，可里面一片安静，凳子不动了。老婆什么也没有看到，什么也没有听到，就在我身上打了一拳，骂我骗人。

我长长地舒了一口气，好像从虚拟的世界走出来，回到了现实生活。我说："我真没骗你们，也许它们听到了我的手机铃声。"

等了一会儿，里面安安静静。我还在神情专注地等待。老婆开始发脾气了，儿子也开始打哭腔，说我是想赖皮，不想给他买玩具。

这时，里面突然发出声音，是一种低沉、沙哑的声音："那三条凳子还没走吗？怎么我们还变不回人形来？"这声音，猛一听还有点儿熟悉。

老婆竖起耳朵，听清楚了，但还是怀疑自己在做梦，掐了一下屁股上的肉。

儿子听得一清二楚，仰着头，对我说："爸爸，是你的声音吗？"

我不知如何回答，只是说："我没骗你吧。"

老婆神色慌张，说："怎么回事？怎么办？"

我毕竟是一个男子汉，镇静了一下，从院子里捡起一块石头，对着里面喊道："你们这几条凳子怎么回事？怎么能学人走路，还讲人话？"

"你们才是那些可恨的凳子。"安静了一会儿，其中一条凳子突然发出了声音。儿子一听就吓得浑身发抖，因为那声音简直就是从他喉咙里发出来的。

"你们到底想干什么？"我举起石头，给自己壮胆。

房间里瞬间安静下来了，我又喊了几声，也没再听到回应的声音。

"难道我幻听了？那也不至于我们一家三口的耳朵都出问题吧？"经过商量，我们一致认为家里的凳子活了，就拨打了报警电话。

警察很快来了。我打开房门，房间里一切正常，连那三条凳子也不知什么时候回到了原来的位置。老婆打扫卫生时，凳子是怎么摆的，现在还是怎么摆的。我真没注意到它们是什么时候跳回自己位置的。

警察批评我们说："你们以为凳子可以进化成人？还是人会进化成凳子？不可乱报警，不可报假警。下不为例，否则追究责任。"我恨自己嘴巴不争气，这么一件千真万确的事，怎么就说不清楚了呢？

这之后，我们义无反顾，毫无留恋地搬离了那栋别墅。

闲置的别墅，像一块棱角分明的巨石，搁在我的心头。

我们打了售楼广告："高档别墅，低价出售。"可很久过去了，无人来买。

我们又打了出租广告："高档别墅，低价出租。"可很久过去了，无人来租。

也许所有人都知道别墅里发生过一些奇怪的事。也许他们比我们知道得还早还多。

后来，我们在另一个地方买了套新房子，特意选的三十一楼的高层。装修时，我加固了门窗，还安装了监控。置办家具时，我说什么也不买凳子。我们还约定好一家三口要同进同出，要么三个人一起待在家里，要么三个人一起出去。这样，日子总算平静下来了。

可就在我们看似能够正常生活的时候，一天晚上，警察走进我家里，要

心灵·春天送你一首诗

我交出监控,并将我们一家三口带去公安局,配合调查。打开监控,我们又惊呆了。监控画面显示,每天晚上一睡到床上,我们一家三口就变成了三条凳子。再打开其他监控,在我上班的办公室、老婆做生意的店里、儿子上学的教室,都有我们变成凳子的镜头。

警察说,最早怀疑我们异常,是因为有人举报,说在我们废弃的别墅那边,还经常看到我们进进出出。

我们那时候

田洪波

人一老,话就变得多了。虽然我一直不承认自己老,但感觉与父亲的话题越来越多。

这样的最终结果,就是经常向儿子絮叨:"我们那时候,真是难以想象啊!"

起初儿子听得很认真。特别是每当我讲到那时冰棒才三分钱一根时,他瞪大了眼睛,一副难以相信的表情。

家里的冰箱,塞满了给他买的各色冷饮。儿子偶尔会打开冰箱,左顾右盼一番,才下定决心似的,拿出一个品尝起来。如果不合他的口味,马上弃之,再选一种别的。

就是在目睹他太过奢侈后,我聊起了有关冰棒的话题,聊起了记忆中的姐姐。我跟儿子回忆说:"那时候,卖冰棒的都是走街串巷。有个炎热的下午,我把可以攥出汗水的三分钱交到卖冰棒的手里,可他拿给我的是一根苦冰棒。要知道,一百根冰棒里,才会有一根苦的。"

"难吃吧?"儿子看着我。其实他并不懂得苦为何味。

我点点头,告诉他:"姐姐发现了我难受的表情,狐疑地拿过冰棒吃了一口,就骂出了一句脏话,然后,她放下手里正剁鸡食的刀,一溜儿小跑朝卖冰

棒的人追去。"

儿子被我的故事深深吸引了,不自觉地将手指伸进嘴里,听我讲述:"你大姑追出了有两里地,才将那个人追上,然后喝问人家,干吗糊弄小孩?那卖冰棒的是个胡子拉碴的中年男人,他惊讶于你大姑的气愤,弄清原委后,他告诉你大姑,他也不知道那冰棒是苦的。他说可以换,然后把冰棒箱打开,让你大姑自己挑。你大姑自然非常满意这样的结果。我那根吃了一半的冰棒,被中年男人又小心翼翼地塞进了冰棒箱。"

"那冰棒还能吃吗?"儿子表示诧异。

我告诉他:"那是中年男人要回去调换的,冷饮厂允许调换十根左右的冰棒。"

儿子唏嘘了一会儿,感慨了一句:"为一根三分钱的冰棒,大姑也真是的!"

我气极了,说:"你认为大姑多此一举是不是?"

儿子瞅着我:"也不是,再买一根不就结了?不能每根都苦吧?"

我缓和了语气,说:"你知道三分钱在当时意味着什么吗?你爷爷一个月才挣不到三十元钱的工资。三分钱可以买一只南瓜,让全家人连蒸带煮粥吃一顿。"

儿子又一次瞪大了眼睛,我趁势开导他说:"你看你,冰箱里的冷饮可以随便挑,你却不懂得珍惜,不合你口味的,干脆扔了,实在是浪费。我们那时候,不用说随便挑,连见也没见过那么多品种的冷饮。"

儿子最后尽管没再说什么,但我知道他心里不太服气,或者说并不认可我的观点。可供他选择的零食依然五花八门,他依然将不怎么感兴趣的小食品弃之一旁,依然到吃晚饭时,瞅一眼桌上的饭菜,就说自己不饿。几次呵斥他都不太管用,更何况,我母亲和妻子也袒护他。但我认为这是一个严重的问题,也下决心改改他的毛病。

那天吃饭,我和父亲便又聊起了过去。父亲说:"我们那时候,甭说吃饭挑挑拣拣,能填饱肚子就不错了。"

儿子不说话,我又和父亲聊到了 20 世纪 60 年代的饥荒,聊到了吃树叶。

儿子瞪圆了眼睛:"真的假的?"

我和父亲对视着,摇了摇头。我问儿子:"你们学校从没进行过这方面的教育吗?"

儿子有点儿茫然地摇摇头。

我趁热打铁,和他讲起了"上山下乡",讲起了为吃饱肚子而偷农民的粮食。

儿子听得乐开了怀:"多有意思啊! 老爸,你们当时都拿什么装偷的东西呀?"

我简直气晕了,但妻子在瞪我,我只好强压怒火。那怎么是有意思? 那是迫不得已啊! 我说起超强度的劳动,说起黄灿灿香喷喷的窝窝头……

"窝窝头好吃吗?"儿子显然很感兴趣。

我停顿一下,问他:"你想吃?"

"当然,老爸。"儿子点点头。

一家人也都看着我。

我说:"好吧,老爸明天就满足你。"

我想我可以给他上一堂教育课。第二天放学后,我邀上家人,到了一家野菜馆吃饭,特别要了一盘窝窝头。儿子无比兴奋,一边喝着可乐,一边催促服务员快点儿上窝窝头。

看到八个黄灿灿的窝窝头端上桌,儿子两只手交叉,嘴也咧开了,目光立刻扎进窝窝头里了,我却含笑不语。儿子用筷子夹起一个送进嘴里,我等着意想中的画面出现——儿子苦着一张脸,将窝窝头吐出。可是,儿子却一连吃了好几口,然后抬起头看着我说:"真好吃,老爸。你们那时候能常吃这个,不是很幸福吗?"

这样的结局完全出乎我的意料,我急忙也品尝了一个。我哑然——如

今的窝窝头,早已没有那个年代特有的味道了。

儿子一口气吃了三个窝窝头,抹抹嘴说:"老爸,你以后别总唠叨你们那时候的,好像吃了多大苦似的。其实,你们那时候多有意思呀!"

一碗面的江湖

邵昌玺

　　青皮开了一家文身店,起名为"魂天刺"。隔壁是家面馆,没有名号,只是在门前牌匾上写着三个大字——刀削面。虽说不是同行,青皮却无缘由地蔑视这家面馆。

　　面馆的主人是个四十多岁的壮汉,身形魁梧,声似洪钟,因其刀法俊俏,食客送一美称:老刀。老刀削出的面叶中厚边薄,棱锋分明,入口外滑内筋,软而不黏,越嚼越香,深受食客喜爱。

　　青皮三十刚过,圆脸平头,右腿跛,行动不便,平时沉默寡言,眉宇间暴戾之气隐现。

　　老刀的面馆一大早就开门营业,和面、磨刀、吆喝;众食客或低声细语,或高声笑谈……

　　青皮都是白天睡觉,晚上才开门迎客,他说:这是规矩,人在江湖就不能没有规矩。

　　老刀为人和善,即便一墙之隔,也想处理好跟青皮的关系。所以趁青皮晚上开门营业的时候,送上碗热腾腾的刀削面。青皮也不拒绝,老刀把面放在桌上,搓着被烫红的手说:"趁热吃,别凉了。"

　　隔日老刀来收碗,碗已洗净。老刀欣喜,拿碗欲走,可是,就在转身的工

夫,他瞥见桌下的垃圾桶里白花花的面叶,足足一碗。

老刀鲜见青皮有顾客盈门,可是,他却衣食无忧,经常有高档轿车接送青皮出入。老刀纳闷:这青皮到底还做啥营生?

其实,现在的青皮除了经营"魂天刺",别无营生。轿车每每接他都是出入高档酒店,桌桌山珍海味,美酒佳肴。这时候的青皮总是眉开眼笑,端坐上座的郝老大频频举杯:"青皮,大哥无能,欠你一条腿。不过,兄弟放心,好好跟着大哥,天天有酒有肉,有江湖。"

青皮喝下冰凉的液体,面色逐渐红润:"大哥,咱自家人不说外话,那场血战虽然坏了一条腿,但能给大哥在江湖上挣回面子,青皮没有怨言。只是……"

郝老大看青皮欲言又止,心中自然知道他的心思,慢慢端起酒杯,呷了一口酒,盯着青皮说:"放心吧,梅花不会嫌弃你,再过一段时间,挑个吉日,就把你俩的婚事办了。咱不就是腿跛点嘛,别的部件都响当当,怕啥,哈哈。"青皮的脸更加红润。其实,自从腿伤愈合后,郝老大给他送过不少女人,可是青皮一个也没碰。他也许真的是众兄弟眼中的另类,一根筋的痴情种。

傍晚时分,轿车把青皮送回店里。刚开门一会儿,老刀又端来一碗刚出锅的刀削面:"兄弟,正是饭点,快吃吧。"

青皮抬了抬眼,咧着嘴说:"老刀,你这面馆一天能挣多少钱?"

老刀讪讪地笑着:"咱小本生意,能挣几个钱?养家糊口罢了。"

"一个大男人干啥不好,整天一碗碗地做面,累,自己找累。"青皮满嘴酒气,笑得肆无忌惮。

老刀也不生气,依旧笑着说:"老哥用刀削面,兄弟用针作画,都是生活。"青皮品味着老刀的话,终究还是没有吃面。

老刀的生意越来越红火,青皮的顾客依旧稀稀落落。近日,青皮总感觉心神不宁,做活儿的时候也老出错:一位顾客要在颈后文一朵牡丹,不知不

觉间青皮竟给人家绣了一朵梅花。

顾客自然不愿意。青皮赔了一笔钱后,心想:该去看看梅花了。

"梅花……"青皮默念,"等咱结婚了,好好过日子,虽然我的腿跛了,可是我还有手艺,咱一起开店,就是经营不好,也不犯愁,郝老大欠我一条腿,咱不愁吃喝。"

儿女情长的事,他不想惊动郝老大,径自打车去了梅花家。

一路上,青皮胡乱地想着梅花娇羞可人的样子,想着跟梅花婚后的日子,想着跟梅花一起生的娃是个啥样子……

不知不觉间来到梅花家门前,青皮刚要抬手按门铃,里面传来梅花打电话的声音:"郝大哥,人家做了你爱吃的红烧肉,温热的酒都快凉了……"

青皮突然感觉周围很安静,慢慢往回走。快到自家店的时候,他出神地看着眼前的招牌"魂天刺"和"刀削面"。然后,疾步走进老刀的店里,朗声道:"哥,来碗面。"

老刀脆声应着,左手举面,右手拿刀,面叶像雪花飘进沸腾的锅里,翻飞打滚,手起刀落间,一碗热腾腾的刀削面送到青皮手里。

一碗面下肚,青皮仰天长啸:还是面好,暖心暖胃。

槐花的心事

欧阳明

　　从槐花村回来,槐花就少言寡语了,即便是厂子的效益比去年同期翻了一倍。

　　老公问她:"遇到什么事了吗?"

　　"你不是农村长大的,说了你也不懂。"槐花懒懒地回答。

　　"你不说我当然不懂,你当我是弱智啊?"

　　"不到时候。"槐花说。

　　槐花的这种变化,与父亲的死有直接关系。父亲是她十二岁那年死的,被邻居张大田用锄头打死的。那年,土地刚承包到户一年,她才上初二。

　　土地没承包前,槐花家经常吃了上顿没下顿。承包以后,不仅吃得饱了,还有了余粮。父亲对承包地特别爱惜,没事就在地里劳作。可那年春耕的时候,张大田竟越过地界,把豌豆种到了槐花家地里。父亲叫他退回去,张大田咬死说那就是他的地。父亲找来皮尺量给他看,他还是不退。父亲就动手铲他的豌豆。张大田见状,扬起了手中的锄头。父亲去推他,结果脑袋却不偏不倚被敲了,还没送到医院,就断了气。事后,张大田被抓走,被判了无期。张家人自知理亏,从此见了槐花家的人大老远就避开了。

　　槐花回乡下是祭拜父亲。很多年,槐花为了厂子,都没回去过了。厂子

是槐花一手创办的,为了买房和让儿子接受良好的教育,她放弃了机关那吃不饱也饿不死还没自由的工作,自己创业。

在坟前给父亲烧完纸抬起头来,槐花一下子看到了张大田的儿女也在上坟。张大田后来改成了有期,六十多岁才出来。出来不久就病死了。其实,时间早已把槐花心中对张家的仇恨冲洗得很淡了。过去的事,何必一辈子计较,槐花想过去打个招呼。可张家的人看到她,就急忙走了。

张家的人走后,槐花才发现,漫山遍野的土地一片荒芜,全是半人高的杂草。

想到两家人原来争得死去活来的那点儿地,到如今竟如此荒弃,槐花突然觉得,死去的不仅是父亲和张大田,还有这沟上沟下的土地和祖祖辈辈生存的村庄。

乡下的情景始终萦绕在槐花的脑子里,让她寝食难安。救救土地!夜里,父亲在梦中对她叫喊。

在看了几处农业开发基地后,槐花做出了一个决定:回乡下去。老公一听,就说她疯了。

"好好的,跑到那么偏远的地方去,交通也不便,你有病啊?"

"你不去我去!"槐花说。

槐花说去就去。她在村里承包了两百亩土地,全部种上了槐树。前三年,全是投入,槐花把厂子的收入全部都投了进去。老公为此没少和她吵架。第四年,槐树盛花期到了,漫山遍野的槐花洁白如雪,在三月的暖阳下,散发出阵阵芬芳。槐花养了很多蜜蜂,当年,仅出售蜂蜜就收回了几十万元。老公长期拉长的脸,也松弛下来,还有了笑容。"我是怕好不容易挣到的钱,打了水漂。"老公不好意思地说。

"你就知道钱,不知道土地的金贵。"槐花说。

有了收入,槐花还是高兴不起来。这么多的槐树,只养蜂太可惜了。还有张家人看到她的那种怯怯的眼神,叫她心里发酸。

心灵·春天送你一首诗

119

　　她计划搞旅游开发,邀张家人入股。张家人这么多年在外地,也挣了不少钱,但从不敢像其他人那样声张。

　　张家人听了槐花的话,很爽快地答应了。当年冬天,到村子的路就修通了。

　　次年三月,槐花如期开放。来旅游的人络绎不绝,两家人联合开的农家乐,天天座无虚席。

　　槐花笑了。张家人也笑了。他们在一起,处得像一家人一样。

　　叫槐花更为高兴的是,村子里那些在外打工的人,也陆陆续续回来了。他们也把自家的承包地种上了槐树。槐花村成了真正的槐花村了。每年的三月,整个村子,沟上沟下,都是洁白如雪的槐花。

　　来槐花村的人越来越多。槐花村的名字越来越响,越走越远。

　　不过,槐花又有了心事。因为槐花村有条河,水源好,政府正准备引进一家化工生产厂。建厂后,河流肯定会被污染,槐花反映了很多次,都没效果,向来都很有主意的她,真不知道该怎么办了。

管　闲

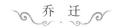

乔　迁

张明旺是乡里的计划生育办公室主任。

计生工作是现今最清闲的,农村也不像早些年那样争着要儿要孙了,因此张明旺就很清闲。许多人羡慕张明旺,可张明旺反倒有些惆怅,因为张明旺是个闲不住、爱管闲事的人。

爱管闲事的人,大多都不受人待见。爱管闲事的张明旺自然让人厌烦。乡里人都称呼他张管闲,有贬低的意思。可他不在乎,甚至骂他损他,他都乐呵呵的。

有一回,街面商铺的李丽华扔垃圾,垃圾箱离李丽华的商铺也就十步八步的,可李丽华偏偏不走这几步,站在门口往垃圾箱里投。李丽华投篮技术丁点儿没有,垃圾袋倒是像篮球一样飞了出去,没投进去。

正好张明旺路过,就冲李丽华乐呵呵地说了一句:"一投不中,到篮下拾起重投,保准中。"

李丽华就翻了个白眼送他一个字:"滚!"

张明旺接过说:"滚不行,不是玻璃球,还得投,重投。"

李丽华就恼他:"你是城管啊? 我就不投,你能咋的?"

张明旺笑呵呵地说:"你不重投我就给城管打电话,罚你。"说着掏出手

机开始拨号。

李丽华不怕张明旺，怕城管，一脸怒气走过来，拾起垃圾袋气呼呼地摔进垃圾箱，狠狠瞪了张明旺一眼。

张明旺对李丽华的怒目视而不见，哼着小曲走了。

挨骂遭白眼对张明旺来说是轻的，因为管闲事被打得头破血流的时候也有。一回在街上碰见两个年轻人打架，脸都打破了，血淋淋的，一大帮人围着看热闹，却没人上前拉架。

张明旺一看不行，再打，闹不好会出人命的，赶紧扑到两个年轻人中间，喊道："别打了，别打了，有什么事不能好好说，打什么架？"

两个年轻人打得正起劲儿呢，根本不听张明旺的劝说，隔着张明旺依旧你一拳我一脚的，想想，这种打法，张明旺被误中拳脚的概率该有多大？不一会儿，张明旺就头破血流了，后来看热闹的还以为两个年轻人打张明旺呢！

张明旺一看不行，再这么打一会儿，两个年轻人没咋着，自己先"光荣"了。张明旺就大叫一声："别打了，我心脏病犯了，赶紧叫人救我。"说着，一下躺在了地上，手捂胸口，腿还直蹬。

张明旺的举动一下子把两个年轻人镇住了，住了手，看看张明旺，转身飞奔而去，怕张明旺死了赖上他们。

看两个打架的年轻人跑了，张明旺爬起来，抹着脸上的血冲看热闹的人说："你们看两个孩子打架怎么不拉呢？"

没人理张明旺的话，还有人小声嘀咕了一句："没劲。"就散了。

张明旺不气也不恼，瘸着腿回去了。

大雨下了一天一夜。第二天早上不下了。张明旺睁开眼睛突然想到了一个问题：乡小学的教室有坍塌的危险。教室是前两年盖的，还是现在的乡长当时的教育副乡长主抓盖的。盖好后，许多人说质量不行，但说归说，没人追究质量究竟怎么不行，不行到什么程度。张明旺没权力追究，但隔三岔五就去看看。前两天他又去看过,发现教室墙上有一条很深的裂缝,用手一抠,直掉沙土,正想着这两天找乡长说说呢!这场大雨,教室怕是承受不住的。

张明旺立刻起身,向乡长家跑去。找到乡长一说,乡长的脸色顿时不悦,不冷不热地说道:"教室不行校长能不来说吗?你该管这事吗?"

张明旺一看乡长的态度,就知道乡长不会对他的担忧上心,一跺脚回去了。回到家,想想,抓起自家那条粗壮的车链锁,向学校跑去。

老师和学生踩着泥水陆续地来了学校,可进不去,张明旺把大门锁上了。

校长跑来问张明旺:"老张,你干什么?"

张明旺望着校长,严肃地说:"教室裂了你不知道吗?下了一天一夜的大雨,你还敢让学生进教室?"

校长也知道教室裂了,但还不至于坍塌吧!就凑近张明旺说:"老张你别胡说,快把门打开,让学生进去。"

张明旺不动。

校长急了:"你不打开我给派出所打电话了,让他们来开。"

张明旺摇头说:"我不开,你打吧!"

校长就真给派出所打电话。

十几分钟后,派出所所长来了,一同来的还有乡长。

学生们这时也都来了,堵在校门口黑压压的,有送学生的家长开始埋怨张明旺管闲事。

乡长和派出所所长来到张明旺面前,乡长黑着脸说:"把门打开。"

派出所所长的手里拿着一把大钳子,晃了一下。

张明旺不动,望着乡长说:"乡长,真不能让学生进学校,还是先让人检查一下教室,学生们还太小……"

乡长不耐烦地挥了下手说:"你打开,我先进去看看,可以吧?"

张明旺半信半疑地说:"真的?"

乡长说:"真的。你打开吧!"

张明旺犹豫了一下,打开了锁。

乡长伸手拽开大门,冲学生们喊了一声:"进去上课吧!"

张明旺忙伸手去关大门,派出所所长早一把抓住了他的胳膊。

张明旺急了,大吼一声,一拳砸在派出所所长的脸上,打得派出所所长松开了手。

人们一愣神,张明旺已飞快地跑到了教室前,凶狠地向教室撞去。谁也没想到,轰的一声,教室真的塌了。

张明旺躺在医院里,乡里很多人来看他。许多学生家长的眼里都含着泪水。

张明旺醒来,见了,有些惊讶地说:"怎么都来了?"

家长们异口同声,深情地喊了一句:"张管闲,我们等你回去管闲事呢!"

老 兵

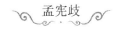

孟宪歧

老兵在农场喂猪。很少有人知道老兵的过去。

据说,当年建农场,这里几乎荒无人烟。大家进山伐木时,在深山密林里发现了一个男人,衣衫褴褛,他说他叫赵大恒,是汪雅臣的老部下。

当时没人知道汪雅臣是谁。场长看他膀大腰圆的,就留下他在农场了。赵大恒说自己是抗联战士。

大家就都叫他老兵。

有一年,农场来了一个搞外调的,场长陪着来找老兵。

场长说:"老兵,这是省军区的小窦,你就把你知道的事跟他说,可不能瞎说啊。"

老兵说:"我不会撒谎!"

小窦问:"汪雅臣是谁?"

老兵反问:"你还是省军区的呢,连汪雅臣都不知道是谁? 他就是大名鼎鼎的东北抗日联军第十军的军长,我是他的通讯员。"

小窦问:"汪军长牺牲了,你为啥还活着?"

老兵嘴唇哆嗦着,半天说不出话来。

小窦又问:"说话呀,我问你呢!"

老兵嗫嚅着答:"反正,我没当叛徒!"

小窦接着问:"你再想想,认识江海潮不?"

老兵答:"认识,他是我们支队的政委,我是他的连长。"

小窦问:"江海潮是不是叛徒?"

老兵答:"江海潮是叛徒? 胡说八道! 他死过好几回了,能当叛徒?"

小窦走了以后,场长亲自把老兵叫到自己屋里,两个人喝着烧酒,撬开了老兵的话匣子。

老兵说,那年,小日本鬼子围剿抗日联军,天上飞机跟着,地下讨伐队在后面追着,不敢点火,怕暴露目标,冻死了许多人。

老兵那个连,冻饿交加,就剩下他自己了。

老兵把枪埋了起来,悄悄找到一个老乡家。

老乡说:"汪军长死了,抗日联军完了。"

老兵大哭了一场。

老乡问:"以后咋办呀?"

老兵答:"军长说了,怕死不当抗联的。可我不愿意死。"

老乡给了他一口袋高粱米。

老兵背着高粱米,躲进了深山。

老兵在深山里搭个马架子,靠一口袋高粱米,还有逮到的山鸡野兔,过了一个冬天。

一开春,老兵便开荒种田。

老兵说:"我得想法活着啊。我种地,自己种自己吃,有人来,我就往大山里跑,越走越深,谁也抓不到我。军长说了,打死也不能当叛徒。"

有一次,有两个人进山打猎,老兵一看他们不像是坏人,就问:"今年是哪年呀?"

两个人便嘿嘿笑:"今年是1947年。"

老兵又问:"小日本鬼子走了吗?"

两个人答:"鬼子都投降两年了!"

老兵哭着说:"我是抗联的!"

那两个人就抱住老兵那个哭啊,边哭边说:"老哥啊! 委屈你啦! 老哥啊! 委屈你啦!"

老兵没有跟那两个人出山。

后来还有人说老兵是土匪,占山为王。可老兵从来没出过山,更没有劫过人家,他哪儿是土匪呀!

老兵说:"一直到你们来,我才算过上了正常人的生活。"

场长听了老兵的话,把酒杯跟他一碰:"干杯! 以后,你就跟我住一起!"

后来,厂里的人都很敬重老兵。

1977年春天,老兵要退休了。

场长问:"退休后回老家?"

老兵幽幽地答:"不回。家里早没人了。

场长又问:"你想干点啥?"

老兵说:"我就喂猪吧。"

1978年秋天,农场来了一辆吉普车,一个身材魁梧的老人视察农场。

老兵一见来人身穿军装,就行了一个标准的军礼。

老人大吃一惊:"你是赵大恒?"

老兵也呆住了:"江政委?"

两人抱在一处号啕大哭,跟孩子一样。

当晚,当年的连长赵大恒跟当年抗联大队的江海潮政委说了一宿,那一瓶老烧酒不够喝,场长又去十里外的地方买回两瓶。

第二天,江海潮走了,是阴着脸走的。

老兵没有出来送。江海潮让他跟着走,老兵死活不同意,两人掰了。

场长问老兵:"首长让你去军区疗养院,你咋不去呀? 那儿待遇多高!"

老兵答:"那是军人疗养的地方,我哪能去?"

场长说:"首长说你是'老革命',应该的。"

老兵无言。

1985 年,老兵因病去世,按照他的遗嘱,就埋葬在农场。省里市里县里来了许多领导,花圈如海。

石碑上镌刻着:老兵赵大恒。

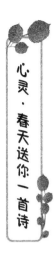
芒 种

聂兰锋

退休后的芒种爱上了雕刻,专雕葫芦。

雕葫芦?那是细活儿,芒种哪干得了,脾气躁得像头驴!八小集巷里,芒种的街坊们七嘴八舌的话里带着轻蔑。

待芒种雕的葫芦被当作稀罕物挂在别人腰上了,街坊们又说,芒种那活儿,顶多算刻,跟雕不沾边儿。

雕也好刻也罢,你说你的,芒种忙自己的。一个巷子住着,议论两句那是不见外,当咱是自己人,芒种一点儿没把议论他的话放在心上。

瞧,芒种这脾气,也像他刻的葫芦,圆润了。八小集有位九旬的赵大爷,一拍芒种的脑袋,说:"哟嗬,你个芒种,还上境界了呀,给我也雕一个,大的,跟铁拐李那个似的,我带着进棺材。"

赵大爷把"雕"字使劲往重里说。

芒种嘿嘿笑着:"大爷,您等着,二十年,保证给您'雕'出来。"

芒种也把个"雕"字往重里说。

赵大爷又拍芒种的脑袋说:"你个芒种,二十年,我早到阿尔巴尼亚去了。"

芒种说:"那就发快递,给您老寄过去。"

赵大爷哈哈哈直把眼泪笑出来,说:"好个芒种……"

芒种雕的葫芦,大的比铁拐李的还大,小的跟大米粒一般,用的木材也是桃木紫檀花梨鸡翅不等。别管大小,一律不卖。芒种家的日子不宽裕,但也过得去。登门拜访者,谈不来的,芒种对葫芦只字不提;谈得来的,芒种以葫芦相赠,受者如获至宝。

多数时候,受者临走都留下三张两张的钱,芒种跟打仗似的硬塞回人家口袋里,说:"刻着玩儿的,收钱俗气。"

芒种连推带搡将来人弄走,嘴里说着"再来再来"。

巷口修车的老刘,家有独子,八小集的人叫他瘦儿。瘦儿长身体的年龄母亲改嫁,他没长开身儿,像个小扭瓜。少年时的瘦儿,母亲带着他学过钢琴,全身只有手指长开了,修长,有力。芒种看上的正是瘦儿的手指。

破天荒地,芒种收了徒弟。芒种说:"瘦儿,叔看你闲着,教你个营生解闷儿。"

瘦儿扑通跪下叫着"师父"要磕头,芒种说:"如今不兴这个,起来吧,叫叔。"

瘦儿就围着芒种,叔长叔短地学起了雕葫芦。

芒种说:"瘦儿,雕葫芦要的是神韵,其次是外形,无神韵的东西不要示人。玩葫芦讲究个玩字,玩得高雅,玩得有品。"

芒种的媳妇是八小集最贤惠温柔的,她不喜欢芒种刻葫芦,更不喜欢他教瘦儿。她对芒种说话时最生气最狠的语气也是软糯的:"芒种,别瞎耽误工夫了,刻那些死东西干啥? 把眼都使毁了,还不如钓鱼呢! 瘦儿这年纪得干工作,跟糟老头混一堆儿,我说,你俩不是一路的呀。"

"妇人之见。"芒种轻声说。搁以前,芒种会大嚷:"死老娘儿们瞎嘟噜。"退休前芒种脾气躁,太多事情他看不惯,烦。

芒种依旧雕他的葫芦,瘦儿围着他叔长叔短地学手艺,芒种戴上眼镜口罩,腿上铺帆布围裙,口罩后边喊一声"刻刀——",瘦儿就麻利地递上刻刀;"小号的——",瘦儿就颠颠儿地递上小号的;"砂纸——",瘦儿轻车熟路递上砂纸。

日子久了,芒种不用喊,瘦儿就知道递啥,师徒默契得很。

后来,芒种就让瘦儿刻。瘦儿刻的时候芒种是不给递工具的,这时候,芒种的左手握一款朱泥小品紫砂,动动嘴,给瘦儿指点江山,看着瘦儿舞动细长的手指;再动嘴,一股溢香的温润茶汤涓涓流进喉管,滋养全身;右手套了白纱布手套,手里是刻好的葫芦。芒种用的是手盘佛珠的工夫来盘他的葫芦,何时形成包浆以及包浆的火候只有芒种懂得。

芒种对媳妇说:"这才叫退休,老罗要返聘,老田返不成急得哭。呵,我才不过那退而不休的日子,拿着退休金跟年轻人抢饭吃。自古功成身退——天之道也。"

媳妇说:"吃不到葡萄说葡萄酸。"

一天,一位老友急火火地告诉芒种,说:"瘦儿在古玩市场卖葫芦呢,一个卖到上千元。"

芒种说:"瘦儿奶奶死了,跟他爸回老家处理后事儿去了。"

老友说:"我亲眼所见呢,城北古玩市场,不信带你看看去。"

芒种停了一会儿说:"算了。老伙计,来尝尝我新烤的茶。"

　　老友边喝茶边与芒种聊起来:"你这大枣茶随你的葫芦,越来越讲究火候了。"又说:"老罗板凳还没凉就被调查了,老田睡不着觉得了抑郁症。"

　　芒种与老友唏嘘感慨一番说:"老伙计喝完茶咱看赵大爷去,你看赵老也是一届领导,论官职比咱大多了,九十岁的人还那样好的精气神儿,此中有秘诀啊。咱讨教讨教去,刚好我刻了一大个葫芦,小叶紫檀的,给他押寿。"

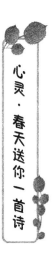

男保姆麦竹

刘靖安

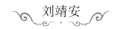

麦竹是给一个男人挑走的。说是当保姆，包吃包住，月工资五百元，干得好还有奖金。麦竹跟在男人后边想，还真像阿山说的，这儿就跟乡下牲口市场差不多，自己当牲口给人挑了。这也没啥，只要能挣钱，儿子能吃上药，牲口就牲口吧。

来到主人家，麦竹就看见一个富态的女人，女人怀里赖着个五六岁的孩子。孩子长得圆滚滚的，说话嗲声嗲气。看第一眼，麦竹就扑哧笑出了声。麦竹想起了春天家里那头小白猪，也是这样可爱，可惜后来儿子生了病，就卖了。

"李姐，人我找来了，绝对可靠，是我邻村的麦竹。"男人说。

麦竹正想着，男人的话却让他吃了一惊。麦竹仔细看了看男人，还是不认识。

"我是黄连啊，小时我们还一起玩过嘛，不然我怎么会挑上你？"

麦竹再仔细一瞧，点点头，说："有点儿像，不过变样了，还真认不出。"

这样一来，大家就亲热了许多，麦竹也明白了自己要做的事。

"小妹妹，来，我抱抱！"麦竹想早些进入角色，他张开双臂，对女人怀里的孩子说。

孩子咯咯地笑起来,女人和黄连也笑。

麦竹不明所以,只得跟着笑。

"他是男孩子,叫小丁,五岁了。"女人说完,看了一眼黄连,又说,"你先去洗个澡吧。"

黄连就领麦竹去洗澡,女人放下孩子,进屋翻出几套男人衣服,搁在了沙发上。麦竹洗完,黄连把衣服从门缝递进去。麦竹走出来时,整个人就变得光鲜多了。

麦竹开始做饭。吃了饭,女人开始教麦竹拖地板、抹家具、洗衣服、陪小丁……女人很满意,黄连也满意。吃过晚饭,黄连就走了。女人在小丁房里给麦竹铺了张床,还说晚上不要忘了给小丁盖被子。麦竹唯唯诺诺,听话得像头小绵羊。

平时,小丁一个人睡,没啥。这会儿多了个人,小丁很兴奋,缠着麦竹问些稀奇古怪的事。麦竹累了大半天,想睡个好觉,但不能,只好陪着小丁说话。

第二天,女人就出门了。出门时,女人说,小丁爸在外面办着一个厂子,太忙,一般不回家。她要出去散散心,让他看好家,带好小丁,还说她会打电

话回来,该用的钱也会让黄连送过来,只是千万别忘了接送小丁上学。麦竹又向女人背了一遍接送的时间,女人才放心地走了。

"妈妈,别和爸爸吵架!"小丁朝女人背影喊。

女人回过头,看了几眼又跑回来,亲了亲小丁,说:"听叔叔的话,妈妈会回来的。"

麦竹看见,女人的眼里有了泪花。麦竹想起了自己走的时候,妻子抱着儿子站在医院门口的情景,也想哭。

女人走了,小丁上学了。麦竹给妻子打了电话。那电话妻子接不到,是让熟人转交的号码。下午,妻子打过来了,麦竹问了儿子的病情,安慰了妻子一番,说不久就有钱寄回去了。麦竹一个人在家,坐不住,地板、家具打扫了一遍又一遍。有时,屁股挨上沙发,眼睛就着光线一瞄,发现还有灰尘的痕迹,马上又起身擦一次。每天晚上,他变着花样哄小丁开心,逗得小丁不亦乐乎。麦竹真把女人家当成自己家了。

有一天,妻子打电话说,儿子听说他带了个哥哥,嚷着要来看看。麦竹想了想,就答应了。三天后,麦竹趁小丁上学,从火车站接回了妻子和儿子。小丁回来,看见他们,快乐得像一只小鸟,满屋子飞进飞出,把玩具、漫画书全搬出来了,摆满了客厅。麦竹看见四岁的儿子眼睛都直了,坐在地板上一件件不停地往怀里抱。旁边,小丁教着他怎么玩。两个小家伙一直玩到晚上十点也不肯睡,最后,都玩累了,都睡在了玩具堆里。

妻子和儿子走那天,黄连送过来一千块钱,说是麦竹一个月的工资和奖金。不走不行了,儿子病得厉害,还吐了血。本来,麦竹和妻子想让儿子在这里就医,但那是大医院,听说是个塞钱的窟窿,他们医不起,老家便宜些。走的时候,小丁还给儿子送了把手枪,但儿子盯着小丁手里的遥控车,麦竹不好叫小丁送儿子,他知道那是小丁的最爱。儿子的眼神,麦竹一辈子也不会忘记。麦竹也想让妻子给儿子买一辆,但一辆得要两百多块,够儿子吃几天药哩。于是,麦竹就装在了心里。

　　已经一个多月了，女人还没回来，只是打了几次电话。可是，麦竹却度日如年。这些天，妻子一天打几个电话，每次都哭着说，儿子的病可能医不好了，催他快回去。他能回去吗？他能丢下小丁一个五岁的孩子吗？

　　麦竹苦苦地熬着、撑着。

　　幸好，五天后，女人回来了。回来的女人，显得憔悴多了。

　　"我回去瞧瞧，再回来！"麦竹临走时，摸着腰上的包，对女人说，"回去看看儿子！"

　　"你儿子怎么了？病了？"女人关切地问。

　　麦竹摇摇头，说："没事的，只是回去看看他们！"

　　麦竹走出女人家门，右手伸进包里，触到了一片光滑的凉意。麦竹的心，跳得快了。儿子的眼神，仿佛一下子生动了起来。

　　麦竹给外面寒意很浓的秋风裹了。麦竹打了个冷战。

　　麦竹在风里站了很久，又折上了楼。

　　麦竹掏出几天前放进包里的遥控车，轻轻放在了女人的家门口。

太阳花

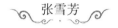
张雪芳

他把那盆太阳花装上电动三轮车时,老板还在一旁叮咛:"记得一定要把这盆太阳花送到啊,那名顾客昨晚可是打了三次电话给我的。"

他点头说"好",一边看了看那盆太阳花。精致的花盆,一丛圆润肉质的花茎,小小的光洁的绿叶茂密地交错着,那些花骨朵就轻巧地立在花茎顶上,有大红、紫红、粉红三种颜色,待太阳一出来,它们就会像一群欢快的孩子,一个个展开它们可爱的笑脸。

上午十点多的时候,他端着那盆太阳花一口气跑到了五楼。敲了敲门,没有反应;再敲,还是没有人答应。

在他踌躇之际,隔壁的门开了,门口站着一位六十多岁的阿婆,问他:"你找谁?"

他说:"我是送花的。"说着他把那盆太阳花举了起来。

那位阿婆的眼睛一亮:"太阳花?"

阿婆喃喃道："是的,这家的新媳妇特别喜欢太阳花。"

阿婆随即轻叹了一声,又说："看来你要白跑一趟了,这家的新媳妇本来今天确实要来婆家的,不过早上来的路上出了车祸,听说当场就死了。"

"啊?"他张大了嘴巴,好像听天方夜谭似的,不相信自己的耳朵。

那盆太阳花虽然多少有点儿晦气,但他只能带回去了。问题是他刚才下楼梯时有点儿心不在焉,不小心绊了下脚,那盆花就从他的手里飞了出去,很奇怪,竟然不偏不倚地落在了地上。可惜,花盆被摔了一道缺口。这样他更难向老板交代了。他左右为难,最后决定把其他盆花送掉再说。

最后一户人家住在一个高档的别墅区,他是经过了重重的验身才进去的。来到那家别墅的门口,早已有保姆守在那里,看到他便招手说:"你帮我把花盆搬进来吧。"

他小心地把这些盆景搬到了客厅,按保姆指定的位置放好。正准备离开,突然有一个怯怯的声音说:"那是什么花?"

他转过身,这才看到在客厅的一角,一个小女孩窝在沙发里。她实在太柔弱了,轻得好似一朵棉花。见他似乎没听懂,小女孩又用手指着窗外的三轮车。阳光下,那盆太阳花开得正艳。

"那是什么花?"小女孩又轻轻问道。

他这才会意,跑出去把那盆太阳花端到小女孩的面前。

"这是太阳花,好看吗?"

小女孩苍白的脸上露出一丝红晕,轻轻说:"好看,是你的吗?"

他说:"是别人的,好看就给你吧。"

小女孩伸出细细的手臂,突然又迟疑地缩了回来,说:"别人的东西我不能拿。"

他想了想,说:"那个人出远门了,你就帮他养着吧,等他回来了你再还给他好了。"

小女孩的眼睛眨了眨,说:"真的? 好的,我一定会帮他好好养的。"

他说："你只要记得时常带它晒太阳就可以了，有了太阳它就会开花。"

那盆太阳花终于有了着落，他很开心。

几个月后，他找到了一份有着很好发展前景的工作，离开了花店。那盆太阳花也渐渐消失于他的记忆中。直到有一天，老板打电话给他，说有一个小女孩的妈妈在找他，说是有一盆太阳花要还给他。他先是一头雾水，后来才渐渐想起那盆太阳花和那个柔弱的小女孩。

他见到小女孩妈妈的时候，才模糊地想起那个只见了一面的小女孩，她跟她妈妈长得很像。女孩妈妈感激地说："非常感谢你，这盆太阳花虽然没有救回我的孩子，可是它让她多活了几个月，医生说这已经是奇迹了……"

在小女孩妈妈断断续续的讲述中，他才了解到，原来那个小女孩生了重病，而且自从生病后就拒绝出门，哪怕就在自家的院子里晒一会儿太阳都不肯。可是，自从有了那盆太阳花，女孩每天都会捧着它到院子里晒太阳，看着它在阳光下一朵朵地开放，她的笑也渐渐多起来。直到有一天，小女孩实在走不动了，还要求家人把她背到院子里。她说，这是她帮别人照看的，她答应人家要照看得好好的。

小女孩的妈妈说："在照顾孩子的日子里，我们确实忽略了一点，只知道给予，却从不知道适当地教育她，力所能及地付出也是一种生命的动力啊。谢谢你为我们想到了这一点。"

他愣愣地听着，心里说，不是这样的，其实原本不是这样的……

不久，他辞掉工作，回到了周庄老家，在一条街上开了一爿小花店，进出的人很多，他卖得最多的是太阳花。

窗台上，阳光直射过来，一盆太阳花灿烂地开满了花朵，一只蝴蝶飞来，盘旋着不舍得离开……

救　人

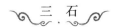

三　石

我觉得还是应该再采访一下他。那是一件如初夏的信江水一般温暖的事情。

沿信江往上，拐过森林公园，便没有那么热闹了，冷冷清清的，只有几个好静的人散步游玩。然而一个失恋的女孩，却打破了这里的清静。

她跳进了信江。

开始的时候，几个散步的人并没有注意到什么不对，只有他从女孩整齐的衣装中感觉到，女孩绝对不是下水游泳的。

于是，他跳了下去，跳进了信江。当然，在跳进水里的一刹那，他没有忘记呼喊一声："快来人哪，有人落水了。"

可他不会游泳，或者说是水性极差的那种人，他在水中扑腾着，眼看要沉入水底，更别说救女孩了。好在他入水前的那一声呼喊，引来了一对散步的恋人，他们冲了过来，先后跳进了信江。

恋人中的男孩将失恋的女孩救了上来。而让他没有面子的是，恋人中的女孩费尽力气，将足有70千克的他打捞上岸。

次日的晚报刊登了这则暖人的新闻。

这新闻便是我采写的。

而我想,是否能为这则新闻做一个后续报道?

之所以会有这个想法,原因很多,但他的特殊身份应该是其中之一。

他是个不小的领导,在当地算得上是个人物。他应该不会水,一个不会水的领导,为什么会在第一时间毫不犹豫地下水救人?是什么促使他将自己的生命置之度外?

答案或许只有他能告诉我。

在他那间宽敞气派的办公室,我再次见到了他。

他并不想接受我的采访,态度很坚决,直到我退而求其次,表明只是想解答一下内心的疑问,同时还动用了他的一位老领导的关系——他的这位老领导恰巧是我的长辈,他才勉为其难地答应了。

所以,我至今不知道这算不算是正式采访。

事情的经过极为简单,没有必要赘述,我只是直接表达内心的疑问。

"是的,我不会水。"他很坦然地说,"我是西北人,老家一片黄土高坡,只有几个小沟小渠,最深的时候也不会过腰,所以我从没有学过游泳,典型的

旱鸭子。"

"可你一点儿都不会水,怎么没有丝毫犹豫便跳进水中去救人? 初夏的信江,水流湍急,难道你就一点儿没有考虑自身安危吗?"

"谁说我没有犹豫?"

"你犹豫了吗?"

"我当然犹豫了,只不过时间很短,也就几秒或者十几秒吧。"

我点了点头,赞赏地说:"你犹豫了,说明你考虑了后果,在这种情形下,你仍然义无反顾地下水救人,我觉得更加高尚。"

他笑了。

不知为什么,他的笑给我一种无可奈何的感觉。所以我问:"你为什么这么笑?"

他沉默了,没有立即回答。

于是我追问:"你为什么不回答?"

他仍没有回答,反问我:"你觉得在当时的情况下,我除了下水救人,还有其他更好的选择吗?"

"你为什么这么说? 说一句你可能不爱听的话,你的选择可能是最糟糕的选择,原本人家只需要救那女孩便可以了,因为你贸然下水救人,救援的人还得救你。"

他又沉默了。过了好一会儿,他叹了口气,又摇了摇头,眼睛看着别处,说:"其实,我下水不是为了救人,我是救我自己。"

我瞪大了眼睛,感到云里雾里。

他继续说:"你知道,在这个不大的城市里,我也算是个知名人士了,认识我的人不少。那天散步的时候,一路上有不少人跟我打招呼,当时的情况是,如果我不果断下水救人,以我的身份,事后肯定会有闲言碎语,指责、谩骂可能会铺天盖地。所以,虽然我不会水,虽然我也有些犹豫,但只能跳下去。至于跳下去之后怎样,那也只能听天由命了。"

说完这段话,他又笑了,却是苦笑。

我恍然大悟。虽然潜意识中也认为他的这种想法多少有点儿道理,但我还是表达了不同意见,我说:"你不会游泳,这是能够解释清楚的,我想公众也是能够理解的。"

"解释? 你认为我有解释的机会吗? 有人会相信我的解释吗?"他的语气咄咄逼人。

"万一,我是说万一,在场的人都不会游泳,即使会游泳,也不能保证一定能将你救上来,如果出现这样的情况⋯⋯"说到这儿,我顿住了,但我想他能明白我的意思。

果然,他盯着我,一字一顿地说:"我明白你的意思,跳下去,我可能被水淹死;问题是,如果不跳,我可能被唾沫淹死。"

时值初夏,我竟然打了个寒噤。

古典爱情

陈柳金

梳一个 20 世纪 70 年代的八字开发型,戴一副滚圆的民国式老水晶眼镜,穿一件墨绿色对襟唐装。复古主义者牧云手摇一把仿古折叠纸扇,公子王孙一样踱进"怡然茶馆"。

元本初,字牧云,号怀元堂主。父母生一肉体凡胎,自诩为远古名儒转世,不为红尘声色犬马所动,沉醉于青灯黄卷之间。他极力抵制"屌丝、高富帅、正能量、元芳体、鸭梨山大"等流行语,上街宁愿安步当车,也不坐屁股冒黑烟的公交车。他步履轻飘,纸扇轻摇,如此古风习习地入了茶馆门。

"老板,欢迎光临!"一位身穿仿古服饰的女子半躬着腰,一只手贴背,一只手微微前伸。

"错错错,对对对。前半句错,后半句对。你看鄙人像老板吗? 老板有鄙人的风度吗?"牧云酸不溜丢地纠正道。

女子一怔,马上改口,道:"先生,喝点什么茶?"

"西湖龙井!"

女子把他带到西湖雅间。一幅李嵩的《西湖图》悬于壁上,牧云心情大悦。忽扭头说:"没有虎跑泉,就用天然矿泉水吧,无须煮开,85 摄氏度便可。"

"好的,先生请稍坐。"

牧云并没有坐,而是轻移方步边摇扇边点头,仿佛要走进画里去。

电水壶吱吱响,快发出煮开的咕噜声时,牧云忽地从画里走了出来,生怕水烧得过热,只见那女子已提壶泡茶,玉藕高悬—白鹤沐浴—观音入宫—高山流水—凤凰点头—关公巡城—韩信点兵,乘着牧云想象的翅膀,一场精彩的茶艺把他送上了瑶池仙境。耳畔徐徐响起旷远幽深的古典音乐,他深情地瞥了她一眼,竟忘了摇扇,汗珠从额上叭地掉落茶杯里。

其实一进雅间,女子就开了空调,却被牧云优雅地制止了,说:"空调风,哪有纸扇风清凉,既喝龙井茶,便享自然风!"

女子便顺了他,说:"我有点感冒,不吹更好。"

时值七月,女子浑身焦热,香汗滑落。

牧云轻轻入了座,摇扇的手加大了风力,女子秀发飘拂,投来嫣然一笑,牧云早已魂不守舍。

女子玉手前伸,说:"先生,请品茶!"

牧云轻啜一口,唇齿甘香,感叹道:"此茶只应天上有,人间难得几回闻!"

那女子笑了,说:"先生,茶是用来品,不是用来闻的。"

牧云却道:"闻已醉,品后还不要了人命?"

女子笑得紧按肚子,问:"先生为什么偏偏喜欢喝西湖龙井?"

牧云说:"听过苏小小吗?喝龙井,小小就会来到我眼前。"

女子说:"那今天她来了吗?"

牧云又轻啜了一口,说:"也许来了,也许永远都不会来……"

牧云三十挂五了,还孤身一人。按说条件也不错,白领一个,收入不菲。之前谈了无数次恋爱,都是因为太迷恋书上的苏小小,被她冰清玉洁、坚贞不渝的爱情故事所打动,茶饭不思,夜不成寐。常慨叹当今的情场是泥潭,小小的爱情是莲池。当今的情场长出的是残荷败柳,小小的爱情结出的是碧蕊清莲。

哪怕与女友初次见面,他也是一身复古装束,这不打紧。最要命的是末了总要逮上个机会问:"听说过苏小小吗?"

女友往往瞠目结舌,有人很讽刺地套用了一句流行语——元芳,这种人,你怎么看?就这样,谈一个,散一个。后来索性不谈了,说连苏小小都没听说过的女人,不配做牧云夫人,元家要有古代元好问"海枯石烂两鸳鸯,只合双飞便双死"的爱情价值观。抽身情场,他倒落得个"白茫茫大地真清净",一有空闲便去泡茶馆。按他的观点——泡夜店,那是出卖情感;泡桑拿,那是出卖肉体;泡酒吧,那是出卖肠胃;泡星巴克,那是出卖味觉。唯有泡茶馆,才吻合我怀元堂主的复古主义者风格。

一进茶馆,他必点西湖龙井。一喝龙井,苏小小就会从南齐时的西湖飘来眼前。就像现在一样,他品着龙井,便把这女子当成了苏小小。他摘下鼻梁上的民国式老水晶眼镜,拉过她的手,说:"小小啊,我对你朝思暮想,对你肝肠寸断,牧云有一肚子的话要与你说……"

拉了很多次手之后,他把茶馆女子拉进了洞房。按牧云酝酿多年的结婚方案,他们到西湖旅游结婚,住在湖畔旅馆。时逢严冬,那晚他依然穿着对襟唐装,她一身仿古服饰,她玉手纤纤地泡了壶西湖龙井,他轻啜一口,又轻啜一口,忽拉过她的手,说:"小小啊……"

她憋了很久,终于暴发了,吼道:"到现在还念着那货,苏小小是谁,谁是苏小小?"

牧云受到了致命打击,一个人跑去酒吧喝了个稀巴烂醉,甩着罗圈腿到了西泠桥畔的苏小小墓前,抚碑大哭:"小小啊,天下……没人……懂你,只有我……我牧云……"

睁开眼,天微曦,牧云睡在了小小墓前,眼前银装素裹。昨晚下了一场雪,冰封了西湖,冰封了一段现代版的古典爱情……

父　亲

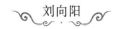

刘向阳

　　眼看着一身病号服的父亲被推进手术室,福根的心里五味杂陈,欲哭无泪。他真的没想到与父亲分别十年,居然以这种方式相见。

　　福根清晰地记得,离家时,父亲一直恋恋不舍地看着他在村口上了长途汽车。汽车已经驶出好远,父亲手里那个补了又补的破草帽还在挥舞着。看着已经越来越模糊的父亲,福根抹了一下眼睛,在心里说:"爹,放了寒假,儿子立马回来陪您,白天陪您打草放牛,晚上陪您灯下唠嗑,不会让您总是一个人孤孤单单的。自打儿子三岁

没了娘,您既当爹又当娘,屎一把尿一把地将儿子拉扯大,儿子就是您的依靠,就是您的寄托,就是您的希望。儿子能够有今天,都是您老用血和汗换来的。儿子绝对不会给您丢脸的,等儿子出息了,会让您老过上好日子的!"

　　福根在报到处,将父亲东拆西借凑的钱全交了后,剩下的只有那条父亲平时用来擦汗的羊肚手巾。好在辅导员为他安排了帮助食堂刷碗洗菜的勤

工俭学的活计,解决了吃饭难题。

福根更不会忘记,第一个寒假他就失了言。不但整个假期没有回家,就连到年根也没舍得抽几天时间回去同父亲一起过团圆年。福根不是不想回去,是他不能回去。他要做家教,要挣够来年开学后所需的一切费用。他不想再朝父亲张口了。父亲那一垧半地打的粮食就是全卖了,也不够自己的花销。再说,再怎么也不能让父亲将嘴扎上,不吃不喝呀!

福根硬是将对父亲的思念压在心头四年,咬牙挺到了大学毕业。就在他庆幸终于能有与父亲相逢的机会时,残酷的就业现实又逼着福根再次放弃了回乡的念头。他挥泪朝着家乡的方向磕了三个头,在心里发誓,爹,原谅儿子的不孝吧!等儿子有了一份可心的工作,挣了钱,一定会风风光光地回去见您!

像个没头苍蝇一样撞了大半年,福根终于找到了一份还算遂心的工作。可是,让福根没有料到的事情一个跟着一个地砸到了头上。六个月的试用期结束后,老板满意了,才能签正式合同。提心吊胆的六个月没有白熬,合同是到手了,可还有一年的见习时间,如果业绩平平,非但工资不能提高,还有被炒鱿鱼的危险。福根从小就是个有志气的孩子,无论遇到多大困难,就是不服输。一年过去了,老板拍着他的肩膀,露出满意笑容时,福根在心里对父亲说:爹,这回儿子可以放心大胆地回家看您了!

正当福根紧锣密鼓地筹备回乡探亲之际,公司的一个决定改变了他的计划。公司组织了一个技术课题攻关小组,带头人是福根。这是个让人眼红的差事,也是个压力极大的差事,两年内拿下课题,就意味着职务、薪酬双丰收!福根兴奋之余,将回家的打算再次抛到脑后,一头扎进了科研室。

功夫不负有心人,两年后,年薪二十万的待遇、科研室主任的头衔,一齐落到了福根身上。可此时的福根却无力抽身回乡探望老父亲了。

原因是,在福根读大二时,小他一届的娜娜便疯狂地喜欢上了他,可福根并不喜欢娜娜。其实,他不是不喜欢,娜娜那羞花闭月的姿色,福根哪里

会不喜欢呢？他是怕不能带给娜娜幸福，他清楚自己太贫穷了，可娜娜不嫌弃。英雄难过美人关，福根投降了。福根毕业后，两人合租了间地下室。福根六个月试用期满，两个人便领了结婚证。福根一年见习期满，娜娜不但毕业了，还给福根生了个大胖儿子。如今，儿子已经三岁了，该上幼儿园了。贷款买的期房还没有竣工，每月的工资加上公积金，还了房贷，便所剩无几了。唯一的办法就是让孩子上幼儿园，把娜娜解脱出来，好去找份工作。可是，孩子的入托费到哪儿去弄？

福根对着父亲的照片掉眼泪，爹呀，儿子没能耐，非但不能给您老争光添喜，还弄得焦头烂额。爹，我该怎么办呀？

远在千里的父亲是帮不了自己的，那就还求老板吧。老板听完福根的求助，十分爽快地答应了。同时也给福根交代了一个新的攻关课题，五年的任务要求三年内必须完成。

福根又没日没夜地苦干了三年。也许就是因为这三年积劳成疾，福根觉得身体不行了，腰酸背痛，四肢无力，可他还是咬牙坚持着。在庆功会上，福根突然眼前一黑，便失去了知觉。

待福根醒来后，发现自己躺在病床上。诊断结果为肾功能坏死，治疗的唯一途径就是换肾。

一生都没离开过大山的父亲，顾不上修了一半的老屋，也顾不上那急等着浇水的一坰半麦子，更顾不得家里的那头老黄牛和那群鸡鸭，来到了十年未见的儿子面前，说："根儿，不就是换个腰子吗？爹两个都没毛病，挑好的给你。"

躺在手术台上的福根满脑子想的是，要是能活下来，一定要报答父亲啊……